讓我到你的生命裡走走

黃嘉俊 著

Prologue

導演不是都很愛演

我是一個導演，但我更喜歡這樣自我介紹：「我是一個紀錄片導演。」

當導演不難，實在沒什麼了不起，不是有個老笑話這麼說：「西門町隨便一塊招牌掉下來，就會砸死一個導演。」好在台北現在看電影的地方多又分散，導演們在西門町的致死率應該已大大降低。不過如今攝影器材普及，拍片門檻降低，加上自媒體流行發達，招牌不管在哪裡掉下來，應該會砸死一堆自編自導自演的「網紅」才對。（其中有一半是正進行拍攝，沒注意到旁人警告而來不及閃躲的直播主……。）

是的，在這個不斷強調「故事」當道，擁有說好故事能力就能讓你無往不利的時代，導演這個專門創造和製作故事的身分，確實迷人。不論戲劇、廣告、電視、電影……許多可引人入勝教人暫時擺脫殘酷現實束縛的聲光幻境，在需求下源源地被製造、生產出來。

紀錄片導演不是魔術師，更不是坐在咖啡店就可以寫出《哈利波特》和整個奇幻世界的作者，紀錄片拍攝是入世的作為，必須走進人群，如同好廚師實際走進市集，走到作物產收的農地，甚至走入販家和農人們的生活裡，帶回新鮮的食材，更帶回人們談話的身影輪廓。

只要材料真實，不是加工劣品，取得方式夠自然無礙。料理不需花太多工夫調味花樣，便可端出動人佳餚，每口都能讓觀眾嘗到內容的鮮美滋味。這是我個人對紀錄片導演的注解，也是對自己的要求。

因此，「創造」並不是我的風格，探索、思考、整理，才是我當導演時選擇的方式。拿起攝影機，走進不同的生命裡，觀察、聆聽、陪伴，就像揹著背包遠赴不同國度的旅行，尊重、融入、體驗、感受。旅行結束，淬煉一本遊記，作品裡記載著這趟旅程的見聞與心得。

我的導演生活，不似外界所窺探那般，沒有大咖沒有女明星圍繞，沒有飄飄然的華麗，也沒有文青自視眼光或藝術家的衝動敏感。比起高談闊論地講故事，我更經常寧靜地浸漬在不同人們的故事裡頭，這個工作，讓我有更多機會去觸碰生命的狀態，思辨它的本質。自然而然，鏡頭下的作品，便有許多不同生命樣貌，被看見的機會。

這些年因為電影作品的放映，常常會在映後座談或演講時被現場諮詢一些類似的問題：「導演，你可以告訴我們，人生在世，怎麼樣可以活得好一點呢？」

「想要活得好，就去看看別人是怎麼活著。」

很有趣也很遺憾，我不是學問滿腹的哲學家，不是傳道授業解惑的老師，更不是姿態優雅的生活大師，我只好這樣回覆。

片子裡的故事能量，連結觸發了觀看者自身，讓人們開始去思考和討論。這是好的開始。如同這一路在紀錄片拍攝上的風景，也豐富了我的生命韌度，讓「活著」這件事，有更多元的可能。

在全球肺炎疫情警報尚未消退的二〇二〇年，我能與家人平安健康活著，並且接連順利完成第二本書，這是多麼幸運並值得感恩的事。所以我也會自我約束不要太嘮叨自曝其短，裡頭有我成為紀錄片導演的前因後果和印象深刻的記憶，也為看過我作品的舊雨和尚未相識的新知，整理出許多電影裡來不及放進去的點滴，希望你們會喜歡！

目錄

Act 2 拿起攝影機，到不同的生命去旅行

Epilogue 片尾，沒有彩蛋

父親與 12 歲時的我

Act 1

導演是這樣長大的

不讀書差點連命都沒了

我誕生在一個藍領家庭，爸媽都是做工的人。父親是開過計程車的模板工，媽媽是做家庭代工的家管，兩人年輕時在紡織工廠相識相戀。因為客閩族群間的偏見，讓他們愛情長跑了六年，才開花結下我這個果。

婚後老爸創業開了間電器維修行，修電視修冰箱修電扇，那時候電器種類不多也不普遍，所以從小父親在我眼裡，就是一個化腐朽為神奇、無所不能的男人。老媽揹著我在店門口賣涼水，然後一年一胎，連生了三個兒子。出門時，一家五口共乘一台野狼機車，像三明治一樣前中後夾得緊密，而我是永遠坐在車頭油缸上，享有完整風景讓弟弟們羨慕的大哥。

台灣電影裡，那些底層勞動人民的描繪，對我來說，都是再熟悉不過的真實畫面。樸實的父母有著踏實的人生觀，他們從未要求孩子立定大志向，高人一等好光耀門楣，只求我們問心無愧成為對社會有幫助的人。這樣的要求容易，標準不高不低。於是我的成長過程，並沒有埋首書桌，當一個「只要好好讀書，什麼事情都不用管」的好孩子。家務的分擔，好習慣的養成，禮貌與對人的包容，反倒是他們最重視的教育。

我的理解力強，學習這件事似乎課堂上就能吸收，考試輕輕鬆鬆前三名。掛滿客廳的獎狀，是那時代平常人家最好的裝飾品。不過隨著學業難度增加，上課愈來愈不專心，回家也從來不複習的我，成績開始明顯退步。小五考了個吊車尾時，我才震驚，原來大家考試前都、有、看、書！

收到成績單，老爸沒有任何責難，那個周末帶著我到工地上工，我這個不到十二歲的童工，被分配去幫忙搬一些廢料，看著這些曬得黝黑，全身汗漬、灰塵的叔叔伯伯阿姨嬸嬸們，我沒有怨言，這些勞動者工作的環境和辛苦的相貌給了我很大的震撼，那一天默默地開啟了我早熟的小宇宙。

黃昏收工時，老爸蹲下來用條沾了水的毛巾為我擦拭滿臉汙垢，然後問道：「明天還要和我來嗎？」我說不出話來只是搖著頭。

其實那天下午我在地下室踩進了一個觸不到底的積水坑洞，當時還不會游泳的我拚命掙扎，緊張到忘了要呼救，腦袋裡只想到，我不能死，死了爸爸媽媽會很難過，我不能死……。

沒多久就莫名地讓我抓到了邊，一個人奮力地爬出了水坑。

「你怎麼全身都擦傷？」老爸這麼問，而我只是流著眼淚，什麼都沒說。

開玩笑，不讀書差點連命都沒了也太可怕了！

於是我開始維持在一個不上不下的中庸成績，沒有退步的壓力也不會有要迎頭趕上的迫切性。年紀小小就遭遇瀕死經驗，在當時說不出什麼感受，卻讓我默默地找到一個可以悠然活著的角度。

後來有一大段時間，老爸常常和其他親友誇口，他家老大不讀書被他帶去工地震撼教育，一次就成功見效……。

哼，哼。

全家福，我在左一

我的人生，解禁得很早

我的人生，解禁得很早。

這句話並不是說我偷嘗禁果幹些什麼讓人臉紅心跳的事。而是在我年幼時，就有機會看見世間冷暖，並因此有了許多不一樣的見識。

我的家庭，讓我很早就有為自己人生做選擇的機會。

國中三年，我待過B段班，也待過A減班。（A減班就是A段班的車尾，把人分類得這麼細，實在不知道是誰的發明？）

所以我認識很會念書但不愛念書孩子，也看過不會念書卻很努力念書的孩子。加上擔任班長，所以就必須具備能和不同凶神惡霸奇怪麻煩的同學相處，維持一個不被排擠霸凌，又可以穩定軍心讓場面不失控的能力。

但是，誰都無法改變全班聯合討厭數學老師這件事，為了合群，我也付出數學成績和大家一樣均貧的代價。加上個人英語成績災情慘重，而我又無法在專科和職業學校的技職體系裡找到自己的未來。種種的現實考量下，國二正式結束之時，我為自己的人生，做了第一個重大的決定：

我、要、讀、國、四、班。

是的，國三還沒開始，足足還有一年的時間，你怎麼就開始信誓旦旦決定重考的事？身邊的人都認為這個想法天真不切實際，提前逃避，自我放棄……。

第一次萌芽的自我主張，很難和人解釋，但你又彷彿能預見自己的未來，在那樣覆水難收的教育體制，人生即將面臨一個巨大的分水嶺，一個是你有能力自由地去選擇人生，一個是被迫接受宿命與安排。

會計科、資處科、機械科、汽修科……這些當年成績不好學子們熱門的選擇，對我都十分無感。

喜歡閱讀、寫作、音樂和畫畫可以讀什麼？

普通高中然後接著進大學，似乎才可以開啟我對自我與人生的探索。是的，一定是這樣，我要堅持，就這麼辦！

我沒有當一個拒絕聯考的小子，因為了解它的遊戲規則，反而在規則裡，努力開闢自己的參賽方式。

就這樣和同學們一起過完慘澹的國三人生，上戰場考完試，收到成績單沒打開，錄取榜單也沒去看，我便積極地和父母游說我的「國四英雄」計畫。

生米煮成熟飯，看這個有著革命性格的長子如此堅定，兩老也就答應了放生了。

「你什麼事情都可以去做去嘗試，真正體驗過了，你才會知道哪些是你要的？哪些不是？哪些適合你？哪些不適合？」

離家北上的前夕，父親和我說了這麼一段話。

父親當年國小一畢業就離家遠赴大雪山工作，在惡劣環境中，開始獨立生活。面對自己的孩子，他沒有太多幼鳥離巢前的耳提面命，感性認真短短的一段話，卻深深影響與形塑了我的性格。

拉著行李，踏進和台北親戚借住的老公寓，那一刻我彷彿按下了 reset 鍵，重新開機。

補習班軍事化的管教方式很駭人，重考備戰的生活很緊密，上課、考試、發成績、處罰、上課、考試、發成績、處罰……，單調重覆，每天卻都是戰戰兢兢。

我用一種苦中作樂的態度去面對，畢竟這是自己好不容易才爭取來的機會，就算破頭流血也要堅持到最後才行！

晚上九點下課，回到一個人的屋子，然後繼續挑燈到夜半三更，收音機裡 ICRT 電台裡的ＤＪ是此刻唯一的陪伴者。假日時更會熬夜看書到天亮才稍告休息。這樣的壓力，對個還在發育中的青少年來說，十分巨大。

幾次睡到鬼壓床，眼睛睜開卻全身無法動彈也吐不出聲音，處在一種求救無援，深度孤寂的狀態。

身心疲憊需要睡一覺才好繼續奮戰的我，哪管是不是真的有鬼壓，我開始冥想，讓自己沉入了大海，愈來愈深愈來愈深，直到失去意識重新睡去。

人，一旦意志堅定，鬼都會怕你。

有時候半夜讀書讀到肚子餓了，凌晨兩三點，一個人上街覓食裹腹，一碗麻醬麵加貢丸湯再切一小盤豆干海帶，象徵自由與獨立的宵夜，更代表此刻人生已經完全掌握在自己手上。

努力有了代價，為期一年奮發向上的重考人生平安結束，順利考上一所離住所最近，還算不錯的公立高中後，就是另外一個階段的新生活。

補充一下，十五歲離家時，老爸最後還是忍不住多加了一句：「你什麼都可以嘗試，但幫派和毒品千萬不行喔！」

無人知曉的狂飆午夜

暫時擺脫升學的壓力，沒有父母約束的好處開始顯現。我找了一份Part Time打工，放學就從學校直奔速食店，在那裡可以認識來自不同學校的同事。他們大部分都比我年長，也比我會玩，和學校裡每天讀書考試，生活簡單思想幼稚的同學們相比也有趣多了。我很享受和這些朋友一起工作同樂的感覺，他們教我很多事情，讓我看見青春的生活有更多可能。

滿十八歲後，我立刻用打工的存款，為自己買台二手機車，這台騷包的街跑車有個響亮的名字—RZR追風。在還沒有強制騎車要戴安全帽的年代，身為一個公立高中的學生，把機車直接停在校門口正對面，放學時越過馬路，書包斜背跨上機車，轟轟轟地重催油門，在教官和同學們的注目下像旋風一樣離去，是一件（自以為）極度帥氣的事！

有了自己的交通工具，行動更自由無遠弗屆，上完凌晨一兩點速食店的打烊班，再接著跟大家一起夜遊看日出。

後來甚至迷上飆車。

石門水庫、大度路……，當時飆車族聚集的熱門場所，我也都一一去朝聖過。

放蕩不羈的生活，當然會產生副作用。

在學校我總是趴在桌上不省人事，不過中午絕對不會復活。心不在此，學習狀況自然差，不過只要不是那倒數幾名，就不會讓人注意到我的異常。

打工的朋友開始有人為我擔心，他們說你是一個以升學為目標的高中生，這麼早就忙著工作和享樂也不是辦法，該趕緊回歸學校去吧！

血氣方剛的我很不服氣這樣的勸說，固執地認為，這是我自己的選擇，我並沒有做錯事。為了讓他們心服口服，所以那次的期中考試，我特別用力準備，還考了個全班第一名。我想用成績來證明並回應那些質疑，我是有能力去掌握一切的！

出車禍了。

不是飆車的緣故，只是一次日常打完工騎車回家的路上，可能因為過度疲倦，一失神沒注意，所以和一台巷口竄出的機車對撞。

就在一剎那，雙手鬆開油門握把，身體離開機車坐墊，我像個火箭人，往前方飛射了出去。在空中停留的時間其實不長，但眼前的畫面卻像慢動作播放，十分清晰，因為我還注意到路旁一個大嬸望著我時，臉上那驚恐的表情。

至於最後怎麼落地的，已經完全沒有印象。醒來時，人已進了急診室，縫了幾十針。

我藉故和學校請了一周的病假，帶著一身的傷口和包紮，每天都窩在房間裡哪兒也沒去，更沒讓家人知道我發生這樣的意外，如常地回報再普通不過的生活作息。

痛苦讓人啟蒙。

望著鏡子裡包得像木乃伊的模樣，想到騎這麼慢都如此嚴重了，如果是飆車時出的意外，恐怕人也不在這裡了。真險！

如同老爸交代的，我已經嘗試過了，夠了！

辭去速食店的工作，推卻出遊的邀約，浪子決定回頭。

早睡早起，我努力保持在校全日不趴在桌上打瞌睡的紀錄，假日不鬼混，還自願來學校和大家一起坐在教室自習，乖巧的模樣，任誰都看不出來，我曾經洗鍊過這樣一場青春。

小男孩能屈能伸，這樣的生活才過癮。

你讀電影系，將來找得到工作嗎？

收到大學聯考錄取通知那天，老媽淡淡地問了我這麼一句：「電影系？你將來找得到工作嗎？」

我任性地點點頭，家中兩老從此便沒有再多過問什麼了。

總之，我是在考上電影系時，才開始學看電影的。

從小因為家中的經濟條件與生活習慣，除了假日偷接鄰居第四台，看上幾部許不了、新藝城的喜劇電影外，父母並沒有太多讓我們進電影院的機會。

所以我不像一些電影人，七歲愛上楚浮，十歲被高達啟發，因此立志長大也要拍電影……如此這般的勵志人生。但大學新生入學前的暑假，我每天往圖書館跑，一個人在裡頭看了上百部經典名片，開始預習未來的生活樣貌。

會選擇一個相對陌生的電影系就讀，要感謝高中時兩位老師的啟發。

一位是知道我獨居在外的班導，一位是不斷鼓勵我寫作的國文老師，他們發現我具備藝文方面的興趣和專長，給了很多意見與陪伴，才能在那個價值單一的主流環境下，讓我找到可以綜合文學、美術和音樂，相對弱勢乏人問津的「電影」這個領域，當時全台可供選讀的只有世新大學、文化大學和台灣藝術大學第一屆的電影系。

風水輪流轉，萬萬想不到，影像創作和電影製作這類科系與行業，如今已成為時下年輕人趨之若鶩的熱門選擇，影像或藝術相關科系如雨後春筍般出現了。

進了大學，歷經國中三年、高中再三年壓迫生活的同學們，迫不及待地大解放，展開任你玩四年的美麗人生。

不過對「早熟滄桑」的我來說，能玩的早都在高中時體驗過了，現在反而像塊飢渴的海綿，奮力地想去吸收和浸漬在養分中。

參加音樂社團接觸了爵士樂，一見鍾情一發不可收拾，在練團室裡，薩克斯風最長一天練上十三小時也不覺得累。課堂上的教學內容無法滿足需求後，我開始到業界的製作公司跟片實習，從小助理開始學，慢慢地也寫劇本還當上副導。直到有一天，棚拍一支廣告，初次上陣的小童星屢屢ＮＧ，導演臉愈來愈臭，說話愈來愈不留情。在壓力的籠罩

下，小童星非但沒演好，還被嚇到淚眼汪汪。這下子導演氣到摔本走人了。

離開前導演轉頭丟下一句：「副導，你拍！」

是的，我的導演人生就從幫老導演擦屁股收拾殘局，正式開展。

當同學們在加油站餐廳打工、談戀愛、蹺課出去享受青春自由時，我忙著接案拍片寫劇本，在音樂教室教授薩克斯風，晚上到餐廳和私人俱樂部演出，可以說把個人的興趣和專長，在生活中發揮地淋漓盡致。

不過，少年得志大不幸！

這句話用在我身上，真的是再寫實不過的血淚。

以為努力就必有收穫，恃才而驕的我，開始感到不可一世。當時李安的故事激勵了很多電影學子包括我，所以我也夢想效法他的道路，未來去美國繼續深造電影創作，看能否也能闖出一番名堂。

專業的工作收入，讓我累積了一筆積蓄，並足夠應付未來出國的開支，我想像著即將實現的美麗大夢。

但沒料到，人生中第一個遽變，才準備給我迎頭痛擊。

我要逃兵

好男不當兵，好鐵不打釘。

俗話雖說如此，但身為一個四肢健全，沒有特殊背景的普通好男，實在無法逃避當時為期長達兩年的「國民義務」。唯一能做的，就是用縝密的計畫來對付人生不同階段的變化。

因為熟練管樂技能加上社團人脈，我提前入選了如今位在台北劍南路捷運站附近的軍樂隊，聽說這是個上下班制的爽單位，除了每天可以練樂器外，還能有多餘的時間讓我可以接案寫本，也許假日還能兼差拍片，無縫接軌地繼續我積極進取的人生，絲毫不浪費任何寶貴的黃金歲月。

當如意算盤都打好後，我就安心等待被徵召入伍的那天。

日子一天一天過，都已經十月底了，怎麼還沒任何消息？連先我進去軍樂隊的同學都忍不住來問：「你到底何時要入伍呀？」

幾天後，傳來讓人震撼的消息。

「嘿，你的位子被人家占走了啦！對方還是個什麼樂器都不會的官二代。」

幹！原本還老神在在的我，這下終於緊張了。打電話到鄉公所一問，天呀！我居然被排定當年度最後一梯次入伍。

「怎麼會這樣……」電話裡，我沮喪地說。

沒想到兵役科阿姨還好心地安慰我：「你很幸運呀，大家都嘛希望晚一點調去當兵，你可以再過幾個禮拜好日子，不用急啦……。」

好日子幻滅了。

沒想到下部隊抽籤，還命中最操的戰鬥單位，一個據守荒野深山的陸軍高射砲獨立連。

高射砲，就是防禦空襲的陸對空火砲。當年我服役單位使用的火力，是二次大戰遺留的四〇高炮加上四管五零機槍老古董。

至於所謂的獨立連，是傳說中惡名昭彰讓人聞風喪膽的部隊。連長就是山寨大王，天

高皇帝遠誰也管不到。

在那個學長學弟制嚴重，不當管教風氣盛行，軍中哪裡不死人，隨處都有比洪仲丘事件嚴重數倍的環境。對我這個活在象牙塔頂，不知人間疾苦的軟弱大學生來說，顯然就要從天堂往地獄走一遭了。

離開新兵訓練中心，我們像一車待殺的豬仔，被軍用卡車載著直奔屏東東港大鵬灣。大鵬灣當時還是個門禁森嚴的砲兵訓練基地，後來才改成對外開放，充滿歡樂的休閒遊樂園。

當兵的過程，大家避之唯恐不及的就是遇到「下基地」。下基地如同演習作戰，移地訓練時間長達三個月，而且從下基地的前一年開始，部隊就開始處於最高規格的戒備和訓練狀態。這段時間，阿兵哥要承受的壓力和痛苦指數也是平時的數倍之高。

我和另外兩位同梯，如同三隻小豬一樣，被放進了肅殺氣氛最緊繃的狼群裡。帶我們來報到的人事官，離開前還丟下一句風涼話：「哈，三位好像是你們連裡，唯一的大學生，好自為之呀！」

接下來幾個月的軍中生活，簡言之，只有晚上入寢熄燈號一響後，我才會覺得放心安全。天甫亮，聽到安全士官喊：「部隊起床！」我會張開眼望著天花板，深深嘆一口氣，心想，又是同樣的一天，該要怎麼撐過去呢？

雖然軍中名言說：「合理的管教是訓練，不合理的管教是磨練！」但兵荒馬亂之際，已經沒有合不合理的空間，只有你是否服從命令的餘地！

大學生這身分，成為被羞辱，也就是不合理管教的理由。我人生當中第一次感受到尊嚴被摔在地上踩碎踐踏，然後還要趴下來，一片一片自己撿乾淨。

夜深人靜輪到站夜哨，我偷聽著和好心學長借來的迷你收音機。耳機裡傳來的是專報路況的警廣交通台。

「華江橋往板橋文化路方向，民眾來電通知有車輛翻覆意外……」

「羅斯福路新生南路口，目前號誌故障，請來往車輛小心駕駛！」

聽著那些熟悉的台北街道名稱和車禍資訊，居然不知不覺流下了兩行男兒淚呀……。

我開始怨天尤人，覺得空有一身才華與抱負，卻被囚禁在圍牆鐵幕之後。於是開始有了想逃兵的念頭，幾次站哨，望著外面奔往墾丁的車流，嚮往自由的心情，屢屢讓自己衝動地想翻過圍牆，逃跑算了。我也開始能夠理解，為什麼會有人當兵當到自殺，因為我也曾經沮喪到動起一了百了的念頭。

最大的發現居然是，原來，我沒有我想像的那樣堅強。

屆滿三個月，部隊基地訓練即將結束前，我們這三個撐過來沒死的菜鳥，每人獲得五分鐘電話獎勵。這通可以和外界聯繫的電話，就像即將溺斃前的一口呼吸。盼來不易的第一通電話，不是打給家人，而是打給女朋友，我急著想知道被兵變了沒有？當然久無聯繫的分隔，也加深了我的思念。

「喂，是我……」真糗，沒想到第一句話還沒說完，就哽咽了。

對一個曾經充滿自信、自視甚高的初生之犢，很快我就放棄了打聽來的那些千奇百怪能夠被退役的念頭，專心地思考如何平安度過每一天，然後安身立命順利退伍的方式。

軍中是個陽剛，或者該說是以暴制暴的環境。

為了證明自己的能耐，我斗膽報名了強調體能訓練的「體幹班」，最後還以第一名成績結訓。這個打破連隊歷史的佳績，讓我回到部隊之後，再也沒有人敢欺負我。

這場鋼鐵磨練的震撼教育，除了前所未有的生命體驗外，我也見識到許多過去從來沒有機會相遇的人們，而且還每天吃喝拉撒睡在一起，過著既扭曲又荒謬的生活。

例如：有個很愛和我打屁閒扯淡的阿兵哥，國中輟學沒畢業，修得一手好車。但他每天都會找機會和我說一個自己的愛情故事。

他吹擂自己一共教過一百零七個女朋友。

我大學讀的是電影，到底也看過許多奇奇怪怪的故事，怎樣也不會那麼容易就相信這種不切實際的吹牛吧！但像一千零一夜一樣，每天聽他說著不同的故事情節，沒有重覆外，就算我隨時回過頭來刻意考他，他也能應答如流沒有破綻。這時就不禁讓人相信他的真實性了。當然更扯更令人稱奇的事，還不只如此。

但讓我最驚歎的不是這些奇妙的故事，而是我的無知。

在這個世界，就在台灣，居然有這麼多不一樣的人，他們用如此不同的方式在生活。

諷刺的是，在此之前，我居然都不了解，也漠不關心。

無知的人，也最自私。

我只在乎我自己，在乎那些社會承認的主流價值，在乎自己是否能成就名利……。自從能這樣反省後，我逐漸打開狹隘的心，真誠地去和身邊的人相處，真心地去聆聽別人說話，而不再視若無睹。

因為就算那些你認為再可惡無情的人，都還是能在他們身上，看到獨特的生命痕跡。

也因為開始這麼做之後，啃饅頭倒數的日子，似乎也不再那麼漫長苦澀。

凌晨兩點三十分，我挖出了第一具屍體

離開東港，部隊一路移防，最後落腳在台中新社。

隨著時間過去，新兵入伍老兵退伍。日子除了依舊不自由之外，當了士官班長，接了參一專管人事業務的我，身分特權讓我免除了初入伍時身心上的壓迫。望著窗外的藍天白雲，數著還遙遙無期的退伍日期，我心中還是對兵役的強制性和消極的軍中環境感到不解與失望。當你想做卻什麼事都不能做時，最苦。所以，我覺得監獄，真的是一個很折磨人心的懲罰。

一九九九年九月二十一日，服役將滿一年。

那晚剛下完安官夜哨，泡了一碗泡麵，正坐在床上大快朵頤，突然間就開始天搖地動了起來。第一時間，我沒有太大的反應，只覺得：「喔，地震，應該一下子就停了吧？」沒想到幾十秒過去，非但沒有要停的跡象，反而搖得愈加劇烈，就連手上泡麵的湯汁都溢了出來。

望向窗外，營區圍牆外的加油站已經燃起火光。再往室內白牆一看，一條深刻的裂縫，就在眼前從天花板開始往地板裂下，這個活生生的景象，比電影特效還要驚人。

此刻我才察覺情況不妙。立刻奔出士官寢室，把外頭睡夢中的阿兵哥們喚醒，要大家趕緊下床出門逃難。

午夜一點四十七分的九二一大地震，震撼全台。

當時通訊中斷的我們，還不知道外頭災情超乎想像的嚴重。長官要召募出外救難的自願者，與其被困在裡頭等待，我倒想出去看看狀況。於是營區派出第一台軍卡車載了二十二名弟兄，包含我。

沒多久，我們便抵達新社的市中心。

跳下卡車，扛起裝備。斷電讓眼前一片漆黑，但感受到空氣中漫布的灰塵，燃燒的焦味，以及四周傳來的哭泣與哀嚎聲。慢慢地，眼睛適應了黑暗，眼前逐漸浮現的景象，只能用四個字來形容。

人間煉獄。

因為對外交通中斷，我們成為抵達重災區的首批救難單位。

接到指令，大家排成一列前進，但沿路不斷有許多民眾過來呼救，拉著我們的手臂、衣袖，哭喊哀求著我們先去救出他們被困在斷垣殘壁下的家人。但軍令如山，帶頭的長官沒下令，大夥無法停下腳步，只能忍住情緒不作回應，持續踏步前進。穿在身上的迷彩軍服，成為可識別的象徵。是在這煉獄裡，唯一能被指望和依靠的力量。

凌晨兩點三十分，從瓦礫中挖出了第一具屍體。

這是一位在睡夢中罹難的老阿公，他睡在用泥土和稻桿夯成的土角厝裡。這樣傳統的農舍禁不起大地震的搖晃，整座瓦解倒塌。我們用剷子掘開粉碎的泥土，才能挖出他來。我抬著阿公的手腕，依稀能感覺到他身上的餘溫。

家屬們圍著阿公聲嘶力竭地哭泣。

這是我第一次碰觸陌生人的屍體，一個已然消逝的生命。

穿梭在這個駭人的場景裡，我沒有任何的驚嚇和情緒波動。異常平靜地思考著，啊！原來生命這般脆弱，這般無常。眼前不論破舊的農舍、嶄新的別墅、學校、教堂或雕梁畫棟的廟宇都倒塌了，窮人、富人、權勢者都逃不過這場災難。有間名宅的主人，在地震發生的當下，急著想把他的賓士車駛離車庫，結果來不及，上半身塞在駕駛座，下半身露在外頭，然後跟著車子一起被壓扁。

人在災難逃命的當下，想帶走的卻都還是放不下的身外之物。我突然豁然開朗，悶在心中許久未解的疑惑，似乎有了答案。

「喔……原來老天爺把我丟來這裡，是要我去見證這一切……。」

如果當初我順利進了軍樂隊，繼續過著順暢無阻的爽快日子，今晚，我就不會出現在這兒目睹這一切。如果更不幸也在地震中罹難，那一直以來，我不斷追求累積的那些所謂的成功、財富、名和利也都瞬間煙消雲散。

什麼都沒留下來了。

可是，如果財富、名利……這些過去社會告訴我們成功的定義、目標，這麼脆弱，這麼經不起考驗的話，到底什麼才值得我們追求？什麼才是能讓人去掌握和累積的呢？

我不知道。

一邊救人，腦子裡不斷思考著這些問題。

救災的情況不太樂觀，一直到天亮時，我們才拉出了第一個生還者。這是一個三十多歲的年輕人，雙腳被倒下的柱子壓住了，眾人合力搬開水泥柱才把受困多時的他救出。

我扶著他，坐上一台農用貨車，回到營區。

新落成不久的軍營，是方圓數里唯一完整的建築，它的位置剛好在中興嶺一上來的一片台地，視野廣闊，可以遠遠眺望山下台中市區的景色。不過也因為離垂直的崖壁很近，差點就和其他一棟棟滑落山谷的民房一樣，化為烏有。

暫時安全無虞的營區，成為緊急救難所與災民收容中心。平時部隊吃飯的餐廳，已經清空用來安置傷患。

把年輕人抬進餐廳後，我跟著留下來協助照顧傷患。

見到一位滿臉土塵的老先生不斷咳嗽，我倒了一杯水給他，在喝完兩口水後，人卻開始劇烈地咳了起來。應該是胸口受到壓迫重創，讓他接著大口大口地咳出血來。

不到幾分鐘，老先生就在我面前，昏迷，然後沒了氣息。

確定沒了脈搏心跳，我們將他的屍體從傷患區，移到旁邊十公尺的大體區，此刻我才驚覺，已經躺了這麼多，不會再醒過來的生命。

僅僅十公尺，生與死的距離，如此接近。

根據統計，當天餐廳裡，一共躺了一百二十六具屍體。上山的道路，因為地層位移，產生將近三公尺高的落差，外圍車輛進不來，裡面的也出不去，所以，兩邊只能約在斷層處，用接駁的方式，把外援往上送進來，需要急救送醫者抬下去。

包括已經滿到快無處放置的屍體。

悍馬吉普車成為運屍車，天下太平時日子爽快的駕駛兵，此刻要負擔的苦差事，就是把一具具不同死狀，甚至斷肢殘臂的大體搬上車，運到斷差處後，再搬下車給接駁下山的人員。

每趟車次回來，他們就會提桶水往車斗後一沖，把上一位罹難者的鮮血沖掉，再讓下一位上車，這樣，也算是對死者們的尊重吧！

「還好嗎？」利用空檔，我慰問了一下連上的駕駛兵阿泉。

阿泉放下水桶，慘白的臉色上看得出來，他努力想壓抑那疲憊又驚嚇過度的情緒。

「班長，考你一下，剛剛運了一具身體斷成兩截的下山，你猜我們先搬上半身下車？還是下半身……？」阿泉問我。

這種時候，這傢伙還能不改平時愛攪豬屎說風涼話的習慣，看來我是多慮了。想要罵他，話還沒出口，沒想到阿泉就在我面前吐了，還夾著一連串的淚珠。

當兵的日子，雖然沒真正遇上戰爭，卻也因為這場災難見到生命的本質。能夠活下來才是真的，無論會有多辛苦。

你一定會想問，遭遇這麼慘烈的經歷，是不是很多軍人都有一些心理陰影或創傷障礙？

其他災區的狀況我不曉得，但我沒有，我認識的弟兄們也沒有。

和那些失去至親失去所有，身處巨大傷痛的人們相比，當時穿著軍服有能力救人的我們，無形中就像被賦予了一種強大的力量，並被保護著。

如果這輩子是一部電影

地震結束，全台尚處在兵荒馬亂的狀態。

接下來一個月，平時只能拔草出操跑跑步的阿兵哥們，有了重要的任務。就是協助生還者做災後整理的工作。每天我都會帶著幾個弟兄外出，到不同的受災戶家裡幫忙清理，從廢墟中挖出他們需要的物品。倖存的災民把我們當作傾訴的對象，每天都可以聽上幾個大同小異，卻同樣悲傷的故事。

沒多久，周遭的災民一一搬進營區暫居，孩子們在大砲機槍旁追逐玩耍，軍民一家的景象很特殊，也舒緩了平時軍營嚴肅的氣氛。

如果每個人的一生都是一部電影，你覺得自己會是屬於什麼風格、類型？一部精采好看的電影，絕對不會是風平浪靜，看人吃香喝辣安逸度日的無聊劇情。主角如何面對衝突、考驗、挫折、挑戰、打擊，然後繼續挺進，這些才是真正讓故事精采的元素。

所以生命隨著劇情的演進，必定會有許多讓主角更深刻的安排，等著他轉過身面對。我們就當個好演員，盡情演出。

這場災難和剩下一半的役期，讓我看到許多不同生命的樣貌與故事，更開啟我對「人」的關心與好奇。退伍後，沒有再回到過去的舒適圈，開始投入紀錄片拍攝的領域。

對了，後來我的美國深造計畫，也沒去成。

除了九二一的劇情外，老天爺還另外加碼了彩蛋。出國學費被我拿去投資股市，卻遇上了台股的萬點崩盤，辛苦掙來的三百萬，最後只剩下二十幾萬。

所以我乖乖地留在台灣耕耘。

Act 2

拿起攝影機，
到不同的生命去旅行

飛行少年

曾經很長一段時間，做著相同的夢。

夢中是一個睡不著的夏天午後，還是孩子的我，一個人踮著腳尖撥動牆上的掛鐘，將時針逆轉著，突然間，整個時空也開始跟著倒轉，迅速地回到一個個過去時光最深刻的段落，例如：和班上喜歡的女生獨處卻不敢告白的那節下課、說了謊被老師痛扁的那天、弟弟出車禍、母親發生意外……等等許多讓人扼腕又遺憾的生命時刻。

這種回到未來穿越時空的概念，不知道是看了太多好萊塢科幻電影，或是讀了哆啦A夢漫畫，因為大雄抽屜裡的時光機所受的影響，否則怎會不斷重複著同樣的夢？

夢裡回到了過去，一次一次成功地改變，順利地抹滅了許多不堪往事，然後我一次一次彷彿重獲新生一樣地滿足地醒了過來。

有人說，那可能是某種創傷症候群的表現症狀。但永遠記得，這樣延綿又重覆的夢境大約是在十二歲那年開始，一直到滿二十歲之後，才未曾再見過。

因為生命中經歷過了些不好的事，才在潛意識裡誕生了許多夢魘，而夢中重覆地想回到過去改變一切，讓那些事未曾發生過。也許擺脫不掉的不是夢魘，而是這些如影跟隨的過去，每個人在成長中或是生命的過程裡，一定多少都有如此讓人日思夢想穿越時空，但現實裡卻又無力回天的遺憾。

這個夢，隔了十幾年後的某一天，居然又讓人夢見了。

《飛行少年》是我的第一部紀錄長片。它在二〇〇六年開拍，歷經一年拍攝和一年剪接的時間，於二〇〇八年正式發表。片子說的是三十個孩子，花了二十天的時間，騎著壹輪車環島一圈共計一千公里的故事。因為在此之前和公共電視台完成許多兒童青少年的節目與紀錄短片的合作，讓我和這個族群有了較多的機會相處，幾部作品得到國內外影展肯定，也因此讓這個題材找到了我。

其實每每在不同作品的映後，身為作者最常被觀眾問到的問題就是：

「導演，請問你是怎麼找到這個題材的？」

「為什麼你會想要拍這個題目？」

生命是一連串的撞擊和累積而成的。

有了前因，便有後果。所以不論是題目來找到我合作，或是我自己去尋找新的題材，都和你過去的痕跡與當下的狀態有關，未來的樣貌，便會自然而然有了一個方向。

《飛行少年》的故事發生地，是位在花蓮縣光復鄉小山丘上一個名為「信望愛少年學園」的安置機構。

所謂的安置機構就是社會局把一些家中遭遇重故、失依、貧困或家暴需要被保護的孩子，提供生活照顧的所在，這樣的孩子通常年紀都很小。但在少年學園裡，還有另外一半的孩子來自於法院安置，他們因為有犯罪紀錄和犯罪之虞，但沒有嚴重到要入少年監獄服刑或輕到只需固定找保護官報到談話的保護管束，這時就會來到安置機構做強制性的輔導安置及感化教育，時間從兩個月以上至兩年不等。這樣的孩子通常是正值血氣方剛的青少年較多。

不過你可能會問，為何會把這兩種截然不同的孩子放在一起？難道不會衍生更多問題嗎？這樣的狀況就和台灣的兒少福利資源制度有關了。不過在我眼中，這兩種孩子其實也沒有什麼不同，他們絕大多數都有共同的背景，那就是來自一個不完整的家庭。

信心、毅力、勇氣
KENDA

第一次來到花蓮的信望愛少年學園，我因為重感冒同時發著燒，簡單地和學園老師打過招呼後便昏睡在訪客房間的床上，那個撥動時針讓時間倒轉的久違夢境，就這樣冒著冷汗一連做了好幾次。

是不是因為認識了這些小小年紀卻充滿許多遺憾的孩子們？是不是發現了他們遭遇的惡夢可能比你數倍難以想像？是不是因為看見了他們身上的傷痕一道比一道深刻而清晰？否則怎會隔了十多年之後，又重覆了以為已經消失匿跡的過去？

在少年學園裡，三十多個孩子從三歲到十八歲都有，這個年紀的孩子應該在哪裡？他們理應正在父母的愛與懷抱中，或者正在校園享受與同儕一起的歡樂時光中，為何此刻他們卻出現在這兒？過著這般的集體生活？

爸爸吸毒家暴把太太都打跑了，自己一個人和孩子生活，甚至直接在孩子面前吸毒，精神恍惚的狀況下常怒打孩子，甚至把他們關進狗籠，好幾餐沒飯吃，孩子常常生病奄奄一息也沒人理睬。於是哥哥從五歲開始，就懂得帶著相差兩歲的弟弟逃家避難。有次除夕夜，一頓年夜飯都還沒吃，爸爸毒癮再犯，哥哥見著了立刻拉著弟弟奪門而出，躲進派出所的報案櫃台下。兩兄弟被送到信望愛少年學園的第一天晚上，每人都連吃了六碗白飯。

隔天一早，大人們發覺哥哥不見蹤影，以為他逃跑了，後來才在廚房找到人，原來他以為今天要被送回去，準備又要餓肚子了。

另外一對兄弟，爸爸在媽媽過世後嚴重酗酒，生活愈不如意下手就愈重，上了國中的哥哥為了保護瘦小的弟弟，甘願被爸爸吊在浴室用皮帶、熱水和菸頭施虐。但無論跑再遠，還是會被爸爸想辦法找到，人被抓回去後再打，打完再跑，成為一個無止境的惡性循環。

這些故事你聽來傷心悲憤，巴不得那些失職的父母遭受天譴。但這些曾經遍體鱗傷的孩子，卻又不斷透露著期待，希望爸媽變好，希望早日回家團聚。他們看到父母的不如意，他們知道真正的家在哪裡。

其實那些無法好好照顧他們的父母，在當年也和他們一樣，都是缺乏愛與關懷的孩子。

莫非，這也是一種無法擺脫的夢魘延續？

拍攝《飛行少年》最難的部分，就是如何去和這些不同年齡，來自不同家庭背景，心靈有著深沉傷口的孩子對話？

但其實，更難的是面對自己。

如何捨棄那種上對下、強勢者對弱者的關心與關係？如何放下你狹隘生命視野裡理解的好與壞，然後重新去認識另一個世界的邏輯？

其實，第一次接觸這些孩子時，就讓我感到熟悉。

當初我在軍中朝夕相處的弟兄們，很多都來自這樣的成長背景。慶幸生命中有了那樣一段經歷，讓我具備了能夠和這些孩子對話的能力，讓他們很快感受到，原來這個遠從台北來的導演，並不是一個自視甚高的知識分子；原來他取叫作黑糖的外號，並不是為了接近我們才故意裝的可愛。

克服了第一個難關，接下來的挑戰，就是如何處理這個具有高度敏感性的議題。

在《飛行少年》之前，這些安置機構中的孩子甚少，或者可以說「未曾」在鏡頭面前露臉。基於「保護」的理由，所有拍攝採訪到他們的畫面，都會使用化名，臉部打上馬賽克甚至連聲音都做了變聲處理。

但如果我這部片，從頭到尾都把孩子做了這樣躲躲藏藏的處理方式，片子自然沒有什麼說服力。因此，我們先去了解法律上的規範為何？確認無虞後，再經過孩子的監護人、家長以及孩子本身同意後，拍攝便正式開始了。

其實，很多我們出於「保護」的理由，都可能是另外一種「忽視」避之不談的狀態。在這個菁英教育當道的社會氛圍裡，我們用簡單的分類，把這些孩子和一些族群「保護」在一個角落，不正視，不討論，甚至不讓他們有機會為自己發聲。這是最便宜取巧的方法，但卻無助於問題的改善，甚至會讓他們在不被看見的暗處，枯萎死去。

這些家庭失能的孩子們，在學校可能都是令人頭痛的問題人物，他們都有類似被老師排擠、公審，甚至霸凌的經歷。密集性的體罰，書包被丟到樓下，要他們搬著桌椅到走廊、垃圾桶邊坐。或者在全班面前被老師指著臉說：「這位同學破壞全班榮譽，從今天開始我們不要再理他了……」

《飛行少年》主角之一的黃明鎮牧師說：「犯罪源於家庭，顯於學校，惡化於社會。」他在監獄裡輔導過許多重刑犯，最大的體認就是，一個人年紀愈小接觸司法，就愈晚離開司法，甚至一輩子就在監獄中進進出出，無法翻身。他舉例罪大惡極的陳進興，三歲時第一次在雜貨店偷竊，被老闆不留情地直接帶到派出所去，這麼小就開始接觸司法，以至於一輩子都在犯罪的淵藪中無法自拔。黃牧師曾經在監獄中輔導過許多的重刑犯，在他們身上都可以發現家庭破碎和童年慘澹的共同點，就是家庭失能、學校不支持、社會又不斷貼上標籤……。這樣的孩子，怎麼不走上極端？暴力、幫派、犯罪……都是他們想辦法要生存下去的方式。

也因為如此，孩子們對我們的加入都非常興奮，對陌生的攝影機也很好奇。或者說，過去無論出現在哪裡，都會覺得自己相對弱勢、邊緣、失落、不被關注，現在居然能成為主角。這件事，帶給他們一種肯定。

「為什麼我們不能被拍？」這是決定拍攝前，孩子問我們的一句話。

是啊，為什麼他們不能被拍，為自己的故事發聲？為什麼過去大家都要遮遮掩掩？到底有什麼好擔憂和害怕的呢？如果孩子都不覺得自己該被藏起來，大家也都覺得這是一件好事值得去做的話，有什麼好不能拍的呢？

孩子一句話的提醒，給了我們很大的力量，於是這個前所未有的壹輪車環島計畫與安置機構孩子的題材拍攝，也就正式啟動了。

NATURAL DESIGN
THE BEST CHOICE BECOMIN

電影書上說：孩子和動物最難拍？

不過，孩子們的期待，也成為一開始拍攝上的困擾。

因為人多，大家都想得到關注，每次進到學園裡，大家都很關心導演在哪裡？在拍誰？正在拍什麼？一看到攝影機出現，就會興奮地在鏡頭前唱唱跳跳，搶鏡頭，吸引你注意，我想也許是他們的生活真的太平淡無奇了。他們不如一般孩子，除了被限制在學園和學校外，平時並沒有單獨自由外出活動的權利。因此，我調整了拍攝的方式，每個月固定去花蓮和他們一起生活，一待最少就是一星期。用蹲點的方式，融入在大家的時空。這招先苦後甘，果然在半年後生效。孩子們看到攝影機不再異常亢奮或者故意躲藏。總是安靜存在的拍攝團隊，開始成為他們理所當然的一員，許多自然真切的生活與情感，便在一點一滴的時間累積下，被收集了下來。

反倒是周遭的大人們，比較不自在。對攝影機的情緒總是期待又怕受傷害，維持一種彬彬有禮的狀態。這點很有趣，對於追求真實的紀錄片拍攝來說，孩子真的比大人要簡單而可愛多了。

第一部片對創作者很重要，它就像初戀，給人關鍵性的啟蒙影響。

我花了很大量的時間拍攝，選擇像隻牆壁上的蜻蜓（對，我就是不想把自己譬喻成討人厭的蒼蠅），默默地觀察、凝聽，希望把拍攝的干擾降到最低，讓被攝者們用最原本的方式生活，彷彿攝影機和我都不存在一樣。這樣的方法很辛苦，像苦行僧一樣，一步一腳印，絲毫沒有取巧的空間。這也如同生命和智慧的累積，沒有捷徑，足夠的投入，才有機會粹出一杯層次豐富的冰滴咖啡。

這種蹲點式的拍攝方法，需要投入相當多的時間和精力，因為你必須要持續來到現場，和被攝者一起生活，去融入他們，並且慢慢地像隱形一樣，不讓自己的存在，影響和改變他們。當然大家都在討論，紀錄片是否能夠客觀存在？

對我來說，紀錄片是絕對不可能客觀的！

當你決定要拍攝什麼題材？選擇哪個角度切入？誰當主角？問什麼問題？鏡頭構圖怎麼取景？剪接時要放哪個畫面？剪掉哪句話？這些都是再主觀不過的行為！但也因為無法

客觀，能做的就是盡量不要「過度主觀」。所以我處理片子的態度是，讓多元多角度的聲音出來，不是單一地告訴觀眾我個人認知的價值是什麼？我努力呈現問題，但是不給標準答案，希望每個不同背景和生命經驗的觀眾，都可以在電影中，看到不同的元素和內容，然後回饋不一樣的感受與心得。

所有的孩子在成長過程中，最需要兩個重要的基本經驗，一個是被愛的經驗，一個是成功的經驗。被愛的經驗需要家庭父母給予，無法取代。好在還有許多關心這些孩子的大人們，他們努力呵護這些受傷的幼小心靈，並且期待能夠帶給他們成功的經驗，使孩子獲得自信，不再覺得自己一無所有而自暴自棄。

現實生活沒有時光機，也還沒有回到過去的方法，面對這些孩子的過去，學園裡的社工和老師們，只能靠著信仰給予人的無比力量，恆心又有耐力地把孩子像拼圖一般破碎的生命，用時間慢慢一片一片拼上，期待他們可以更完整，然後可以更堅強地去面對自己的過去與未來。

無法回到過去改變它，最好的方法就是加速前進往未來而去，然後遠遠地擺脫它。

記得宮崎駿的《神隱少女》嗎？女主角千尋帶著無臉男和小胖鼠一起搭著電車穿越大片平原去拜訪錢婆婆的那幕，這也是一趟可以改變過去的旅程。那不停轉動的壹輪車，會是這趟奇妙旅程的最好交通工具嗎？

旅行會發生什麼無法預知，不過壹輪車的確是個奇妙有趣的東西，它沒有鏈條帶動也沒有變速器，上坡要用力踩下坡也是，一步一履如此腳踏實地。孩子們摔了一遍又一遍，用了將近一年的時間來練習和準備最後的目標。

為期二十天長達一千公里的壹輪車環島之旅，在炎熱的夏天啟程。三十個孩子從七歲到二十歲，不分豔陽下雨甚至颱風天，隊伍始終一列整齊，每日緩慢前進五十到七十公里的距離。有時候累了，一個恍神，便摔到破皮流血，被勸上醫護車休息的孩子，還會因為騎乘中斷而難過哭泣。因為每個人都想完完整整地騎完這趟不會再有第二次的挑戰。看到他們從一開始消極的抗拒，到主動積極地奮力踩著踏板，黝黑皮膚上散發著無比的光彩，讓我相信這趟冒險治療的價值，真的存在！它不只在孩子心中埋下一顆種子，也在我身上烙下永難忘懷的記憶。

其實這樣的孩子過去都被貼上一個叫做「非行少年」的標籤，也就是有行為非常偏差

的孩子，直到這部片，我才為他們正名，創造了「飛行少年」這樣一個比較正面的一詞，也開始得到了社會廣泛的使用。他們踩著壹輪車，穿過城市鄉間山海與田野，那樣自信快樂的身影，就像悠遊飛翔的樣子！當然更希望在這趟旅程結束後，未來他們的人生能夠告別陰霾，開始起飛。

《飛行少年》電影發表後，受到當時一位年輕影評嚴厲批判，他認為大人們強迫這群孩子學壹輪車然後還去環島這件事非常變態。也有觀眾會憂心問道：「你們不擔心讓這些孩子曝光，會對他們未來的人生造成不良的影響嗎？」

我想，紀錄片的特質之一就是有機會讓你看到截然不同的人事物、價值和生活。當然也會同時反映出，人們在面對差異時，如何理解的態度？台灣大部分安置機構，的確都在低調消極的環境和氛圍中，讓孩子過完他們應該面對的處罰或是保護。甚少有大人不怕麻煩，扛起責任冒著風險，主動為他們多做這些被視為多餘的事，讓這些孩子除了出生的故鄉和被拘束自由的花蓮光復外，還有機會踏遍台灣的各個角落。

雖然我們都不知道，這顆種子，是否都會在每個人心中長成足以抵擋風雨的大樹，但因為有了這顆種子，才會有更多的可能與期待。

至於孩子們如果因為這部片揭露了他們的身分和過去而受到傷害，該檢討的不是為何要有這部紀錄片，而是為什麼還有人在看完這樣的故事後，還會去傷害他們？這應該是另外一個值得討論的議題了。畢竟孩子是無辜的，不論他們犯了什麼過錯，他們無法選擇誕生的家庭和成長的環境，大人給他們什麼，他們就接受。鼓勵、責罵、肯定、放棄……？每個眼神和決定，都能形塑孩子的人格。所以孩子的模樣與未來，都是大人的責任，完全規避不可！

不過時間總是最大的考驗。

飛行少年的環島行，並沒有像煙花盛會一樣熱熱鬧鬧卻稍縱即逝，舊的孩子離開，新的孩子進來，他們還是繼續踩著壹輪車上路，一年一島地走過了蘭嶼、金門、馬祖、綠島、澎湖……台灣大小島嶼，不但騎上了合歡山頂甚至還飛到了美國及尼泊爾。這件事已然成為信望愛少年學園的精神與傳統，每個進來的孩子期待著夏天的到來，期待這場珍貴的旅程。

十二年後的二〇一八年夏天，飛行少年們決定再走一趟環台旅程。

當年七歲最小的孩子許有為特別回來參加，如今他已經長成身高一百八十公分的大學生。許有為說，當年難忘的回憶，讓他在艱辛的成長過程每每想自暴自棄時，一次又一次堅持了下來，未來他想考公費留學，想當外交官，飛得更高，走得更遠。

我們又再度相聚了，這次沒有帶上攝影機，我只帶著感恩的心情，在起點歡送環島隊伍出發，路途上幾個當年的主角孩子們也都撥空回來探望和加油。十二年前的飛行少年自嘲已經成為飛行大叔，甚至許多人都有了孩子成為父親。大家回首從前，發現在殘酷的真實人生中，能為生命留下這麼一段熱血又浪漫的回憶，實在感到慶幸與滿足。

考試升學制度下的教育，告訴我們所有的題目都可以找到正確的解答，但面對真實的人生，大部分的問題沒有標準答案，甚至是無解的。

十多年後，飛行少年重新上路的環島行代表什麼？代表兒童照護的需求依舊存在，代表還是有許許多多青少年，需要你我在深淵邊緣前拉他們一把。

續集電影？

《飛行少年》是我的第一部紀錄長片，也是第一部讓我思索紀錄片是否要拍「續集」的作品。雖然從二〇〇八年發表至今已經超過十年，但是國內外，每年都還是有許多放映機會和邀請。觀眾總是會在片後追著我問：「導演，請問這些孩子們現在都還好嗎？」大家都想知道，當年這趟壹輪車之旅，是否真的對孩子帶來改變？這部片子曝光後，是否真的對孩子造成影響？

或者說，在看完他們的故事後，片中主角們不再只是無關的陌生人，一部電影一百二十分鐘的時間，讓你彷彿走進一個人或一群人的生命裡，你也因此留下了對他們的情感與關愛。

「黑糖導演，你會繼續拍攝《飛行少年2》嗎？」

這也是每次放映完後，最常被問到的問題。

我要老實承認，我的確曾經認真想過要拍續集的可能，甚至也做了一些前期訪查工作。雖然這些年來，我和片中主角不論孩子或老師們都有保持聯繫，也大致清楚大家的狀況，但是真正要在十年後，再度延續並建構一部論敘完整的紀錄長片，這件事的價值和意義為何？讓我放在心中醞釀並且衝突許久。

會不會叨擾人家太久？會不會干擾人家原本已入平靜的生活，然後又掀起無法預期的軒然大波？

就在邊思考邊準備邊前進的情況下，我獲得了所有人的理解與同意，但最後我還是沒有說服我自己，通過自己這關。

那就是，我該放下過去，繼續往前才是。

思想家羅蘭．巴特提出了「作者已死」論。他認為，當作品完成的同時，作者就該如同死去一般和作品脫離關係，作品自行會走出後續的可能，而你不需要再去多做解讀。

我沒有真正死去也沒有死心，要如此乾脆瀟灑地和每部作品告別或撇清，本來就不太可能。但羅蘭．巴特的論點，反而提醒我，身為一位創作者，就該持續跨進不同的題目和可能性裡頭，不戀舊不戀棧，不斷嘗試挑戰並活出生命的寬度和視野，作品也才會有新的高度。

這些年來，《飛行少年》帶著我到世界各地去放映，甚至還到了美國杜克大學、哈佛大學、賓州大學……等數所常春藤盟校，以及我曾經夢想的電影學院殿堂NYU及USC去，並且在映後直接和不同背景的師生觀眾，對談紀錄片創作和各國青少年及教育的問題。這些都是紀錄片的價值所在，因為它不會和劇情片一樣，隨著短期商業映演或影展活動結束，功能和效益就暫時告一段落。紀錄片裡的這些議題和問題永遠存在，甚至沒有地域、文化和語言的限制，所以自然被觀看的效益就更大，作品被保存和傳播的效期就更持久！

所以，好奇和貪玩想要繼續往不同題材裡走的我，儘管不拍續集，《飛行少年》應該還是會繼續被放映和討論個十年沒問題。就算我不拍續集，首部曲應該是會繼續影響許多觀眾，並且讓這個族群的處境與需求被看見。

雖然我不拍，但卻很歡迎並樂見你們來拍喔！

想念的方式

「嘿！」

準備過馬路赴約的我，被突然從背後出現的女孩喚住了！

「剛剛遠遠的我就看到你了！」

沒想到許久不見的女孩還記得我的樣子，八年前她只是個國中女生，現在已經是個大學畢業準備為人師表的大女孩了。

我們在台東的鐵花村找了家咖啡館敘舊。

「玉米，好久不見！」

「好久不見。」

其實眼前的女孩，並沒有改變太多，除了皮膚從白皙變成均勻的黝黑外。故鄉在高雄甲仙山區的她嚮往海洋，所以選擇到近海的台東讀書，每天一張開眼就是碧海藍天太平洋。

認識玉米是因為八八風災的緣故，她是受災戶，也是我的主角。當年台灣兒童國際影展找了幾位導演，有林育賢、林文龍、張淑滿、溫知儀和我。共同以莫拉克風災下的孩子為主題，讓大家各自尋找故事素材及拍攝主角，最後一共完成了四部紀錄短片，成為當年台灣兒童國際影展的開幕片。

八八風災是台灣近代史上，傷亡人數相當高的天然災害，莫拉克颱風帶來瞬間豪大雨量，造成各地山區程度不一的損害及傷亡。其中高雄甲仙鄉的小林村被大規模土石流淹蓋滅村，有將近四百人在夜半睡夢中來不及逃生而遭活埋，眾多罹難者裡包含和玉米一起長大的同學及親友們。

其中和玉米感情至深的姊妹閨密——「蚊子」的離世，更讓她深受打擊。

其實台灣大部分的紀錄片導演都既熱血又愛鄉愛土，一旦哪裡發生了天災人禍，就會有一批人帶著攝影機第一時間進到現場，展開長期的蹲點拍攝紀錄。過了一陣子之後，就會有相似的題材作品陸續產出。

也因此，以一個創作者追求作品獨特性的角度來思考，面對八八風災這個新的拍攝題

目，我需要先去找到不同的作者立論及觀點，如果還只是在談人們面對傷痛下的輪廓樣貌，似乎都太雷同也太淺薄了。

玉米是個隔代教養的孩子，父母離異後，她和弟弟一起與爺爺奶奶同住，理當負責照養的爸爸卻因為和爺爺吵架翻臉後就離家出走不見人影。

在面臨人生無常與無情時，我們總會為生命的消逝而嘆息。我們也習於把死亡當作是一件巨大的事件來看待，恐懼且敬畏。彷彿死亡的降臨，注定將把我們與親愛的人拆散，再也無法見面在一起。

死亡的確是一種常見的道別形式，但放眼實際社會現況，你一定沒察覺，人與人之間的距離並不總是「死別」造成的。有許多明明人還存在世上，卻再也見不到的「生離」，它造成的衝擊和影響卻是更深沉而綿長的。就像玉米的好友蚊子離世了，但她對蚊子卻是帶著深深的思念，感傷但卻溫暖。但當她面對自己失責的親生父親呢？是想見可見卻又無法見到面的無奈。

「生離」和「死別」給人的悲傷，孰重孰深？

所以在拍攝玉米的故事裡，我用了「生離死別」這樣的想法來當概念命題，片名叫做

《想念的方式》。

《想念的方式》的拍攝對我來說又有了一個新的考驗，它最困難之處，就在於這次我的主角是一個小女生，對我這樣一個長輩大叔，要如何去和青春期的國中女生溝通相處？讓她能夠平靜舒坦地面對鏡頭，甚至願意說出許多她連家人都不願意透露的心裡話？在此之前，我的確還沒有類似遭遇的經驗，就算是《飛行少年》時，也因為孩子主角們都是男生，所以還沒有不同性別間的這番隔閡。

至於最後這個難關是怎麼克服的，我也已經忘了，不過曾經親身遭遇九二一地震的生命經驗，的確讓我更多了一份同理心，能夠更快進到與主角對話的核心。

但也不是每個創作者，都有機會或需要親身去經歷所有的事件和衝突，才能創作類似的題材呀！

沒錯，所以對我來說，如何順利拍攝不同的主題並讓被攝者們對你產生信任，最基本而重要的條件只有兩個字，那就是「真誠」。

真誠，兩個字看似容易感受卻很難描述，它無法用說用寫的，簡單解釋，你必須要清楚讓對方知道，你是誰？你來幹什麼？你為什麼要做這些？你做這些要拿來幹嘛？沒有私心沒有隱瞞，只要對方認同你的想法，自然而然信任感就會出現了。為了拍攝為了靠近而刻意去取得的關係和感情，都是虛偽無法長久的，這個部分也會在之後的作品當中流露出來。

所以做紀錄片，就也是做人而已。

玉米是個早熟纖細又敏感的女孩，對於面對班上有一半以上的同學都罹難這件事，她有很深很沉的情緒，不說出口，也看不出來。在那個對於「人為何要誕生在這個世界上？」產生許多疑問和辯證的年紀，她是羨慕那些離世的同學的。

「他們都到天上過無憂無慮的生活，卻留下我還要繼續長大……」玉米這樣說。

過去每當有心事時，身邊還有一個傾訴的對象，現在蚊子走了，寂寞又孤獨的玉米就再也沒有一個可以依靠的出口。後來她找到一個方法，把這些思念的話語寫在信紙裝進信封，就像蚊子離開高雄甲仙去了遠方國度一樣，找一個有過回憶的角落火化，彷彿把信順利寄往了天國。這個儀式是她想念的方式，也是這個女孩為自己找到治療悲傷的方式。

通常我和被攝者的友誼，總在片子完成後才正式開始。

畢竟拍攝的過程當中，我們有一種微妙的責任關係。當我和你聯絡時，你會知道是為了拍攝的需求，給予的拜訪與關心，我也相當清楚，是為了得到你的狀況來判斷工作的進行。所以一旦片子完成也發表了，這樣的狀態結束，新的關係才會正式開始。

這樣的情誼才是真的，也才會長久。

對於玉米這樣一個聰穎敏感又早熟的小女孩，在這樣複雜的背景條件下成長一定辛苦。我和特別關心她的國小班導師，都擔心她在長大的過程當中是否會發生一些意外，也因此在片子結束後，還是持續關心她的現狀。

玉米熬過了國中的青春期，也靠著自我療癒逐漸擺脫了悲傷。那段期間，她主動去關懷和她一樣的倖存者，以及那些罹難者的家屬，不論是她的同學還是同學的家人們。我想，除了寫一封信再火化給天堂的好友外，代替好友們去關照他們的家人，也是她用來治療悲傷的方法，更是她想念的方式！

升上高中後，玉米離開這個帶著感傷記憶的小鎮，對山對土石流的恐懼，讓她選擇落腳在可以望見寬闊太平洋的台東，在這裡選讀教育大學的教育系。這個夏天畢業後，正在

學校擔任實習老師。她說，當年在災區看到很多需要幫助的孩子，慶幸自己走過生命的低潮與迷惘，她也想成為一個有能力照顧別人的大人。

一直到了八年後的今天，我終於能放心地和這個平安長大的女生，面對面喝咖啡，用大人與大人的方式聊天對話了。

「黑糖導演你現在看起來更年輕了。」

「哎呦，嘴巴這麼甜！」

其實八年前，我正面臨感情飄搖期，就像正被颶風籠罩。身心狀態不佳的情況下，看起來就是個又胖又累的小老頭，沒想到這段時間，我也和玉米一樣，不斷地蛻變進化。

「導演，我現在已經不叫玉米了。」

「喔，為什麼？外號太可愛了嗎？」

「因為我已經和那個時候的自己，告別了。」

「那你覺得我當年拍你這件事，是對的嗎？」

我常常在反省與思考，被鏡頭永遠留下來的那些真實，是否會對被攝者們產生困擾和負面的影響？所以這兩年我開始找機會去拜訪這些朋友們，聽聽他們怎麼說？怎麼看？更重要的是，讓我有個理由和動力，再次去見見久違的他們。

「嗯，謝謝你當年拍我，才能讓我順利和過去說再見。」

「喔！也謝謝你告訴我！」

許多回憶和情緒，會隨著時間逐漸淡化或者變形，不復清晰。有些人能夠放下，但放不下的則因為累積，造成更多更大的印記。《想念的方式》對主角玉米來說，就像一個時空膠囊，把這塊生命的段落，忠實地保存了下來。雖然這些年來，她還是會常常回去確認和閱讀，但慢慢也會發現，因為選擇勇敢地前進，所以少年的記憶雖然沒變，但自己已經長出一個足夠強壯和堅韌的心。當年這部片，就像一面鏡子，映照的不只是過去，更多的是現在的自己！

故事結束了，但主角人們還是繼續在故事外生活下去，這個部分觀眾不會知道，也是身為導演的我，能夠持續看到的繽紛精采。就像玉米實現了她的心願與承諾，繼續留在台東落地生根，努力成為一個好老師，照顧和陪伴更多偏鄉的孩子。

無論如何，謝謝你們，在這些重要時刻，打開生命讓我走了進去。

嗨！寶貝

隨著片子愈拍愈多，經由作品的累積，慢慢地屬於自己的風格就會開始產生，作者論也因此而來。

我拍人，也喜歡拍人。

如果說個人是最基本的存在單位，那「家庭」應該就是世上最重要的單位。華人禮教中，告訴你家庭很重要，但又有許多觀念相互矛盾，讓你為了成就家庭卻同時在犧牲家庭。例如：父親埋首工作沒時間陪伴家人，是為了讓大家能過更好的生活，媽媽說現在打你罵你讓你恨我，是希望將來你可以感激我。

《禮記·大學篇》裡說：「修身齊家治國平天下。」但事實眼見所及，卻是很多身不修家不齊的人在治國或者大談國際天下大論，諷刺荒謬卻真實無比。或許所有金句格言的功能目的，也許正是因為不容易做到而存在的一種提醒？

所以我拍人，喜歡拍家庭裡人與人不同的關係和問題。家庭，成為我創作的主題核心。

另外我也喜於尋找「獨特」的議題，所謂的獨特大概意味著幾個必要元素：

一、它有門檻和難度。就像《飛行少年》裡的孩子，在這部片之前是難以在鏡頭前曝光的，拍攝前，有許多周邊的問題和疑慮要先處理和準備好。

二、它具有禁忌性。

《嗨！寶貝》就是一部觸及敏感禁忌的作品。它的主題是血緣關係，也是台灣第一部公開討論收出養議題的紀錄片。

華人非常重視血緣關係，因此我們喜歡追本溯源，厚厚的祖譜上載錄既往祖宗十八代，差一點就回到盤古開天地時期。我們也喜歡祝福人枝繁葉茂子孫滿堂，多子多孫就多福氣，人多勢眾就好出氣。

因為重視血緣關係，所以過去我們常常可以在電視劇或古裝傳統戲劇裡看到這樣的橋段，兩個正在戰場上互相廝殺的主角，突然傳來一個消息，說他們可能是失散多年的親兄弟！這個時候就對端出一碗水，兩個人伸出手指用刀鋒一劃，把血滴進碗裡。鏡頭大特寫看著碗裡的兩滴血融在一起……兩個人就會立刻放下利劍和屠刀感動地互擁，然後呼天搶地的哭了起來：「阿兄…，弟弟……，我找你找得好辛苦呀……！！」

相信大家對這樣的劇情一定不陌生，冷靜想想，這種故事情節在現代看起來是非常荒謬的，明明上一刻還是恨不得殺死對方的仇人，卻因為知道彼此有了血緣關係，仇恨瞬間消失，甚至有了不可分的蜜意濃情？沒有血緣關係的兩個人，談戀愛都需要有曖昧期試探期，才有辦法轉化到想要對方的激情。這血緣關係的威力，莫非也太神奇了吧？

所以我從小最大的困擾，就是有一大堆具有血緣關係的遠房親戚長輩要叫，那些稱謂念起來拗口，真的叫出來又讓人尷尬臉紅，畢竟大家沒什麼交集往來，無非就是年節或清明掃墓大團拜時的短暫相會，卻又要表現得熟稔親切。所以長大後，那些過年過節要敬天祭祖勞師動眾的儀式和場合，我是能免則免、能逃則逃，因為我深信真要得到蒼天或祖先的庇佑，不如平時就存好心說好話多行好事，也絕對比澎湃的三牲五果，拚命燒香拜拜來得心安理得。

也許在過去那個生活不易的古早時代，血緣是家族維繫和生存的重要依據，但在這個人與人距離愈來愈擁擠，關係卻愈來愈疏離的現代。如果大家可以破除舊觀念的迷思和束縛，就有更多可能產生了。

「兒童福利聯盟文教基金會」是台灣長期致力兒童福利工作的公益團體，他們在《飛行少年》裡，看到我把敏感不好觸碰的青少年犯罪輔導議題處理得讓人驚喜，所以主動來找我合作，想要在他們從事收出養服務滿二十年之際，把這個之前無法在檯面上談的議題，藉由紀錄片的形式和管道，開始和國人公開討論。

其實台灣人因為晚婚或者工作壓力，很多夫妻想要有自己的孩子時，卻發現懷孕不易。儘管勞民傷財吃盡苦頭嘗試人工受孕的方法，結果還是讓人挫折的。但接觸兒童福利聯盟之後，我才知道在台灣每年都有許多沒有父母照養的孩子，正在等待有一個有緣的新家庭可以收養。

所以我們如果可以打破血緣關係的限制，讓需要彼此的兩方在一起，就有機會免除許多痛苦與悲傷，讓不同模樣的幸福，有機會萌芽！

《嗨！寶貝》作品裡記錄了四組成功收出養的主角，孩子年齡有大有小，其中兩組孩子最後在荷蘭和瑞典找到了新的父母和家庭。這部片在映後都會有觀眾提問，導演為何選擇這幾組角色？他們看起來都很幸福？難道沒有失敗的例子嗎？這樣是否會誤導觀眾，收

養都是這麼順利美滿的？

沒錯，以紀錄片的觀點來看，這部片似乎是太美好太過度正面了。至於實情上為何呢？

會挑選這幾組角色的原因很簡單，因為可供選擇的個案不多，大部分人都不願意受訪接受拍攝，不論他們的收養狀況是好是壞。其中還有很多家長尚未正式和孩子做「身分告知」的動作，他們仍在猶豫掙扎，因此當然不願意曝光，甚至希望這個祕密永遠不會被揭曉。就算已經讓孩子知道自己身世的父母，也不太願意公開討論這件事，最好是愈少人知道愈好。彷彿孩子不是自己親生的這個祕密，一旦被揭開後，親子間累積的愛與情感，就會瞬間瓦解一般。

所以由此看來，失敗的例子多不多？多，非常多。

儘管這些想收養孩子的父母需要先接受機構專業和長期的課程，並通過層層評估才有資格和機會收養孩子，但等到真的把孩子帶回家一起生活後，許多必須親自面臨的衝突與掙扎，才正式要開始考驗著。所以在田野調查中看到的資料，親子關係惡化的有，甚至中斷收養關係的也有。但是換個角度想，關於親子關係與情感的經營，其實不分是否具有血緣。這是一門大哉問，也是必修的科目。你不見天下許許多多為了照顧為了教育孩子而傷心難過流淚流汗的父母們嗎？這個過程和問題一般家庭有，收養的家庭一定也會有，只是你是否會移轉焦點，讓「因為孩子不是你親生，所以才會不乖不聽話」這個理由被放大而已。

也因此，電影裡這幾組成功美滿的主角，便是相當不容易，也值得被看到的故事了。在故事裡，我特別找到擔任寄養家庭寄養媽媽的人物角色。當孩子要出養到正式家庭之前，都會先被送到寄養家庭照顧，讓失依的孩子能夠開始習慣家庭的生活模式，並且培養一些基本的生活能力，讓他們將來交接給收養家庭後，收養父母能夠省去很多探索的過程。少掉一些失敗挫折，讓他們更容易開始照養孩子，並喜歡他們，同時也降低終止收養的失敗率。

這個寄養家庭的角色其實是很中立的，就像一份專業工作一樣，孩子來孩子走，一個接一個，會停留的時間不一，短到幾個月，長到一兩年。但是只要孩子一來，我發現，寄養家庭就會真的把他們當作自己孩子一樣照顧，寄養媽媽說，知道這些都是沒有人疼的孤兒，就會很心疼，想利用和他們在一起的時間，多給他們愛。

其實，所有的感情都需要相處培養。一旦知道孩子要離開的日子快到時，寄養爸媽的心情是相當複雜和不捨，一方面為孩子找到未來的幸福感到開心，一方面又覺得像自己的一塊肉要被割去。有一位寄養爸爸，每次到了孩子要出養前一晚，就會獨自抱著孩子上頂樓看星星，把握此生和他相處的最後時光，孩子要離開的當天，就會難過地關在房裡，不敢出來送別！寄養媽媽也還記著每一個出養孩子的模樣，想到時就會不禁落淚！

雖然這些寄養家庭都清楚自己的工作和任務，也都知道孩子有一天必然要離開。但是自然而然產生的感情卻是真切無法假裝或勉強的，這都再再證明，血緣，並不是造就良好親子關係的必要條件。

除了寄養家庭這麼「非典型」的角色外，在《嗨！寶貝》裡還有一組來自瑞典的夫妻，他們從北歐遠赴台灣，為了就是圓一個當父母的夢。

歐美先進國家，因為社會福利制度完善，因此在他們國內鮮少有太多待出養的孩子，在僧多粥少的情況下，大部分的歐美夫妻，都會直接尋求到海外收養孩子的管道，亞洲國家便是最主要的選擇。台灣在早期也曾經是主要的出養國，隨著經濟的發展和國人智識的提升，我們也逐漸能夠接受並有收出養的需求，因此有愈來愈多孩子留在國內，但現實的是，國內對收養孩子的觀念上，仍然還有許多偏見，大家都渴望選擇「條件好」的孩子。沒錯，這些都是基本人性，但如果大家都三挑四選，一定會有一部分先天條件不佳的孩子，成為了邊緣的弱勢。

因此，負責收出養的社福團體，例如：兒童福利聯盟，當然也在這方便做了規範，基本上他們只能讓收養父母選擇性別和年齡，還有是否願意接受健康發展有狀況以及原生家庭背景特殊的孩子。但是大家都偏好選年紀小又健康的孩子，而以愈小愈沒有記憶的愈好。年紀大一點健康發展有狀況和遲緩的孩子，得不到國內的收養機會，絕大部分就會出養到國外去。

目前台灣主要的國際收養國家，依序有美國、瑞典、荷蘭和澳洲。這些遠渡重洋來一圓父母夢的收養者，大部分都具有一定的社經地位，例如：職業是醫生、律師、大學教授、公司負責人……等。這些在台灣沒有被第一時間選上的孩子，反而得到了更多更好的成長資源和未來發展的可能性，這個現象既諷刺，又殘酷真實。

不過，所有出養的孩子，在成長過程當中一定都有身分認同的問題。對於自己的出身？生父母棄養的原因？我到底是誰？……等等這些必然遭遇的課題。但到了海外，必須在不同種族、膚色中成長的孩子們，要受到的考驗勢必更大。

除了寄養家庭，除了收養的父母，在《嗨！寶貝》這個議題和故事裡，還有一個重要卻最困難的角色，就是生父母，尤其是懷胎十月生下孩子的母親，他們的處境和內在情緒既複雜也激烈，卻很難在紀錄片裡露出。於是我選擇一種方式。讓片中即將出養到瑞典那對兄弟的生母，寫了一封給孩子的道別信，並且親自念了一遍。這段真情流露的情感，被我放在電影的一開始，除了代表故事一切的開端外，也讓通常不被理解的生母角色，得到一個位子，並被記錄保留了下來。

兒少法通過後，所有未成年孩子的無血緣收出養，都必須經過合法的兒少團體協助做機構收出養，不能再像過去一樣進行私下收養。最近台灣每年的成功出養數大約都在三百人左右。其中有一半是孩子送到國外的國際收養，數字比例相當高。但台灣依舊重視血緣，優生學觀念的盛行，反映了大家對養兒育女這件事的態度還是狹隘的。父母還是把生孩子當作一件重大的「投資」，希望這些辛苦的照養和付出能得到回饋，不論是養兒防老、傳宗接代，甚至是光耀門楣……等。也因為這個「投資」成本愈來愈高，回收不易，風險也愈來愈大，造就了當今少子化的現況。

如果我們可以好好思考為何你想當父母？為何你想要有個小生命加入你的生活？時時提醒勿忘初衷，你就很容易從和孩子的相處裡得到點滴的感動，不論歡喜悲傷，這都是讓我們的生命有機會因為轉變角色而領受到的養分啊！所以不論孩子是否是你親生的，也都能同時得到。畢竟懷胎不過十個月，但親情的陪伴才是長長久久一輩子的事。用談戀愛的心情，用心認真去和一個也需要真愛的孩子相處，才能造就一對永不分手的珍貴情感。

《嗨！寶貝》的拍攝讓我認識，原來愛，還有這樣的可能模樣。所以拍完這部片的我，也暗許自己未來如果也想要為人父母時，收養，也會是一個讓人欣喜的選擇。

一首搖滾上月球

紀錄片因為小眾，發表的管道有限，無非就是電視平台播放，或者是藉由參加影展，得到大銀幕的放映機會，最後就是ＤＶＤ和ＯＴＴ平台發行。但在台灣有個特別的現象是，我們很容易可以在電影院線看到紀錄片的上映，不分南北東西部或外島都有，而且很多時候，紀錄片的票房成績還比劇情片更好。

這種現象有人覺得荒謬，也有人樂見。不過每個地方產生的特殊現象，正是反映著背後更重要的狀況和問題。在台灣，電視平台相對是封閉的，特別是針對一些藝術文化不夠通俗的媒材。上百個電視頻道裡，除了公共電視台外，你似乎找不到其他通道，可以自由自在沒有題材限制地放映紀錄片和藝術電影。因此在商言商的戲院，反而異軍突起，提供了紀錄片創作者機會，一個能夠對外發表作品的舞台。也讓觀眾不用受限於電視台播出時間和次數，可以在上映期間，有彈性地進到戲院觀賞。

一般來說，紀錄片沒有太多廣告行銷預算，無法和劇情片一樣敲鑼打鼓地大做宣傳，作品的好評是需要靠看過的觀眾口耳相傳散布出去的。所以往往等到你知道有這麼一部作品時，戲院可能已經下片下檔了。也因此，紀錄片通常會採用少廳數上映的方式。一兩家戲院，二三十個座位大的最小廳，就可以讓一部紀錄片細水長流地放映下去，只要有觀眾願意來看，只要口碑隨著時間不斷擴散出去，甚至議題受到媒體的矚目和報導，上映到中期陸續增加廳數和換到大廳的例子，也是很多的。例如林育賢導演在二〇〇五年的作品《翻滾吧！男孩》，口碑發燒，還一連上映了三個月之久。

《一首搖滾上月球》便是我第一部在院線上映的紀錄片作品。

這部片記錄了六個爸爸的故事，他們來不自不同的背景，有學校老師、教會主任、美術編輯、計程車司機、社運人士和捏麵人師傅。但六人彼此之間都有一個重要的共同點，就是家裡都有患了罕見疾病的孩子。這些老爸們辛苦照顧孩子，平時睡眠嚴重不足，但卻還利用空檔時間，組了一個搖滾樂團想要挑戰福隆海洋音樂祭。

這樣的劇情介紹，光聽就覺得是一部熱血的劇情片電影是吧？

一部片短短一兩個鏡頭，濃縮了主角們生命故事的精華，讓觀眾可以很快透過觀賞得到養分，但背後創作者卻要付出數倍不等的時間代價。《一首搖滾上月球》這部片我花了五年拍攝，一年時間剪接，一共六年的歲月年華。

許多有志從事紀錄片工作的年輕朋友會問我，因為紀錄片沒有劇本可以依循，所以導演該如何決定片子何時是拍攝結束殺青的時候？

以我來說，每部片或每個主題的拍攝，都代表我在這個領域範疇，正好有一個與自己當下生命階段有關的「疑惑」，想要也需要去尋找答案。所以透過紀錄片拍攝，拿起攝影機走上探索的未知旅程，旅程結束時，也代表我已經找到答案，解決了心中的疑惑。

二〇〇四年因為我有一個弟弟在罕見疾病基金會任職，基金會正需要影像志工，所以當導演的哥哥就被請託來幫忙，義務為基金會做公益廣告或活動紀錄的影片拍攝。因為這樣的緣分，讓我認識了罕見疾病以及許多罕病家庭。慢慢地我注意到一個現象，每次參加活動都會發現媽媽來的比爸爸多，爸爸總是當司機，把太太和孩子載來現場後，人就跑掉離開了，時間結束後才會再出現來接人。

甚至我還聽到這麼一個很特別的專有名詞，叫做「落跑老爸」！

落跑老爸是指逃跑的爸爸。因為爸爸們承受不了孩子罹患罕見疾病無藥可醫的事實，加上費盡心力照顧陪伴，身心俱疲的情況下，最後還得面對白髮人送黑髮人的殘酷結局，心中的壓力情緒無法宣洩只能不斷積壓，最後選擇逃避、選擇落跑。

落跑的方式很多，埋首工作把孩子丟給媽媽照顧，是種失能。想辦法離婚，把孩子留給媽媽，拋棄責任自己奔向自由，這更是一種逃跑。還有些爸爸人間蒸發，離家出走不知流浪到何方，再也找不到人。最後還有一個最糟的落跑方式，就是自殺選擇結束自己的生命。

根據基金會統計，在台灣每八個罕病家庭，就有一個家庭的爸爸失能，選擇落跑。

這個現象很令人震驚，但也同時讓我聯想到自己當年身處九二一災區的軍旅生活。地震過後，我們每天都到不同的受災戶去做清理搬運，主人家們也會有個代表在現場，告訴我們他們需要哪些協助。

一兩周過去，我發現工作現場出面的怎麼都是女人家居多？家裡的男人呢？難道好巧不巧都在地震時罹難了嗎？忍不住好奇，我詢問原因，一問之下才知道，原來家裡的男人們，因為這場地震讓畢生的心血所有都煙消雲散，頓時讓他們無法面對這個家毀人亡的打

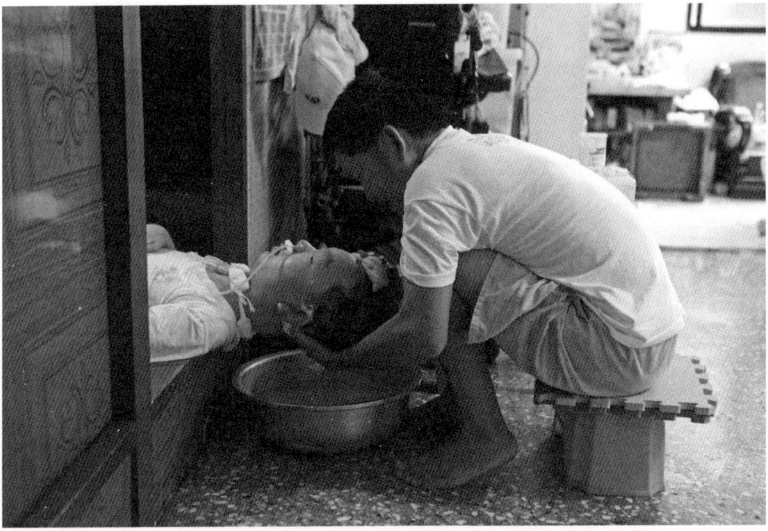

擊，有的躲在收容所鬱鬱寡歡，有的突然離家失蹤，有的自殺了……。

內政部資料顯示，台灣男女自殺死亡比例二：一，男性自殺死亡數是女性的一倍。當年在災區的男女自殺比例甚至高達四：一之高。

男人和女人面對自殺的態度大不同。女性比較容易觀察出自殺跡象，甚至會釋放訊息提前呼救，所以有自殺行為的比例女性比男性高，但男生通常看不出跡象，也不會在身處高壓的過程對外求救，他們面對自殺通常是死意堅決的，也因此自殺成功率，男性比女性高。

所以台灣的男人，到底出了什麼問題？身為一家之主，不是更應該在困難來臨天塌下來時，撐起你的臂膀保護家人嗎？為何你反而落跑了？

同樣身為一個土生土長的台灣郎，我大概能理解問題的所在。

還記得三歲時，有一次為了想要一個玩具坐在店裡地上耍賴哭泣，爸爸走了過來和我說了一句話：「起來，你是男生，不可以哭！」我爸這麼說也就算了，連我媽也說了一樣的話。

要不到玩具只好擦乾眼淚拍拍屁股，自討沒趣地站了起來。但那時在我幼小的心靈裡，就有了深刻的認知，喔~原來有小雞雞的人，是不能隨便哭亂掉眼淚的！

所以我們不是常聽到「男兒當自強」、「男兒有淚不輕彈」這樣的古訓名言嗎？男性尤其是我們的父執輩，因為時代和文化的背景，被要求要勇敢不能示弱，就像月亮，因為自轉和繞著地球的公轉速率相同，所以我們在地球上永遠只能看到月亮固定的一面，也就是明亮的那一面，但是月亮的背後，卻有著深沉無法示人的黑暗。除非你搭著太空船登月繞到它的後面，才有機會看到。

台灣的男性，在這部電影裡，就被我譬喻成月亮，只給人看見他正面，好的，明亮的那一面，但是內心的挫折、委屈與壓力，卻是選擇深藏不露。

所以，身為男性其實某些時候是羨慕女生的，女人是水做的，所以眼淚似乎理所當然。有了委屈，找幾個姊妹聊天傾訴，哭一哭大家一起罵一罵就好了，還可以得到許多實際的建議和方法。但是男生鮮少找自己的哥兒們說心事的，如果真找人說委屈，會得到的回應大概是：

「靠，你唬爛的吧？」

「你神經病喔？」

「哎呦，你有這麼弱嗎？」

或者更誇張的是落井下石的嘲弄：「哈哈哈，活該，你去死一死啦！」

這是男孩們之間的情感表達方式，很幼稚也很愚蠢。等到大家年紀更大一點，聽到別人口中的無奈時，大家也許只會發出無能為力的嘆息吧？因為，我們可能都有著同樣的問題。

罕見疾病家庭裡的父親，要承擔的負面情緒是更巨大的。這些壓力沒有出口，只能藏在夜半的棉被裡，不斷地累積，直到有一天突然爆炸！

《一首搖滾上月球》裡的六個爸爸沒有落跑，他們留了下來，要陪伴家人和生病的孩子奮戰到最後。這部紀錄片花費六年的製作時間很漫長，除了時間會呈現孩子病情的變化過程和連帶的家庭狀況外，最主要是原因是，爸爸們很不好拍！

一般罕病家庭因為時間分配，家裡環境大部分會比較混亂。所以一開始要讓爸爸們打開「家門」讓我們走進去就需要花點時間，等到走進家裡，接著要讓他們打開「心門」，願意分享內心最真實的感受，就更需要時間培養的熟悉與信任了。印象最深刻的是其中一個主角家庭，在拍攝多年後，好不容易願意邀請我們帶著攝影機走進他家裡，踏進後，家中東西很多，但看得出來經過一番清理後也算整齊，不過我對各個空間牆上皆貼上不同風格的海報很好奇，有電影海報，有藝文活動資訊，然後還有啤酒廣告。我偷偷掀起一張沒有完整黏貼好的金牌啤酒，赫然發現後面木板牆上，居然是一個拳頭大小的破洞！

男主角在太太的揶揄下，終於招了，原來貼在這些牆上海報後面的破洞，都是他忍不住暴怒時用拳頭敲出來的，每個破洞都各自有不同情緒發洩的故事，這幾個沒有落跑的老爸，外表看似理想甚高的生活狀態，生命還是隨時出現這樣血淋淋不為人知，一次又一次瀕臨崩潰的破口。

這幾位願意接受拍攝，願意把自己生命當中的黑暗與不堪翻出來曬曬太陽，不多不少剛剛好的六個男人，其實不是我選擇了他們，而是他們選擇了我。接下來，就讓我來好好介紹一下他們吧：

主唱歐陽爸，一九五九年生。

歐陽爸是國軍第一批送至美國接受嚴格的愛國者飛彈訓練的超級士官長，並且在一九九九年被徵選到美國接受 U.S. Army Sergeants Major Academy-Sergeants Major Course

Jesus

士官長學校受訓回來的台灣第一人。退伍後自學考上了台大外文系開始當大學生，現在是國中的英文老師。和太太婚後一共生了三個孩子，老大有精神上的障礙以及氣喘毛病，老二早產腦性麻痺，夫妻倆努力和上天禱告，希望可以讓他們生出一個健康的孩子，終於等到老三小女兒誕生後一切正常，讓他們非常的開心。但到了四歲準備上幼稚園的時候，有天早上刷牙突然滿口是血，情形嚴重到整個胸口、身體、地板都是，送醫檢查後證實得了罕見疾病，血小板無力症。

血小板無力症（Glanzmann Thrombasthenia）和血友病有點像，但血友病是因為血小板的數量不足，造成凝血功能不佳。而血小板無力症則是血小板數量正常卻沒有任何的凝血功能！這種症狀很危險，身體像隨時處在一個極度脆弱的狀態，不能受到太大的碰撞和傷害。有一次小女兒帶著狗狗出門散步，因為天雨路滑跌倒，膝蓋摔破了一個十元硬幣大小的傷口，這個傷口讓她緊急送醫，後來還陸續在醫院躺了一個月才把血給止住了。沒想到原本寄予希望的孩子，也生病了，而且還是更嚴重的罕見疾病。這個打擊讓太太以淚洗面患上憂鬱症。後來也發現，原來歐陽媽也是血小板無力症的患者！

從外表上看來，心寬體胖的歐陽爸就是一個和藹可親的好老師好爸爸，你絕對看不出來，他的家庭一家五口除了他是健康的外，其他人都生了病。在他慣常的笑容背後，背負了多大的壓力是沒有讓人看見的？這，就是台灣的爸爸！

歐陽爸像個硬漢的軍人一樣，扛下了所有的責任。他想辦法換到女兒的學校去任教，一起上下學好就近照顧她，罕病的小女兒在爸媽的呵護下，平安長大，後來還考上了醫學院。

回到音樂方面，並非以外表取勝的歐陽爸，之所以脫穎而出成為樂團主唱的原因很簡單，因為六個團員裡，就只有他唱起歌來不會五音不全音準最好，而且肺活量極佳，不用麥克風音響，一開口就可以讓一百公尺後的聽眾都聽到，果然是雄壯威武經過軍歌訓練的漢子呀！

吉他手李爸，一九六一年生。

李爸原本在報社擔任美術編輯，因為表現優秀還被外派到美國，結果去了沒多久接到太太的越洋電話，傳來一個讓人心碎的消息。

「醫生說，你女兒得了罕見疾病。」

因此他放棄機會，回來台灣面對現實的人生，後來還辭掉工作在家接案，方便陪伴孩子。李爸的女兒生了一種叫做「結節性硬化症」（Tuberous Sclerosis）的罕見疾病。（注1）因為這種病會在身體各處長出小結節小肉瘤，長在外表看得見，所以會讓孩子產生很多心理壓力和人際關係的問題。在學校常因此遭遇霸凌和不友善的眼光，同學會因為她臉上的結節取笑她。所以李爸和太太除了要處理女兒的自信心問題外，更擔心的其實是在她身體內部各處不斷滋長蔓延的結節，因為一旦腎臟被結節包覆住，器官就會萎縮，心臟被包覆住了，功能就會衰退，然後慢慢喪失生命機能。

口琴手潘爸，一九五一年生。

潘爸是團員年紀最大的一位，原本就有一男一女的他，四十四歲時中年得子再添一女。想說孩子都大了，現在多了一個小女兒可以陪她也不錯，但沒想到女兒一出生就被判定是台灣首例的罕見疾病，平腦症（Miller-Dieker Syndrome）。（注2）一般正常的大腦外部會有很多的皺褶，但平腦症患者的大腦卻是平滑沒有任何的皺褶，因此也有很多功能是不具備的，一出生就像個植物人一樣，不會說話也沒有任何反應。

確定女兒的狀況後，潘爸就把原本生意不錯的補習班關了，在家當個專職奶爸和看護，整個生活重心都圍繞在這個小女兒身上。因為小女兒平時會有癲癇的情形，進食上幾乎要靠著胃瘻管灌食，時常會有液體嗆入，得用抽痰機清理食道中的異物。

也因為時常要帶這個小女兒上醫院，讓潘爸看到了台灣的無障礙空間環境以及對身心障礙的法律保護上嚴重的不足，讓這些心裡沒有障礙的障礙者，出門卻處處遇到障礙。因此他成為了倡議者，參與許多重要的障礙者倡議團體，並且帶著他們走上街頭進到立法機構，爭取改善弱勢者的照顧福利。從一個補習班老闆到社會運動者，可以說因著這個小女兒的誕生，大大改變了潘爸的人生。

貝斯手鄭爸，一九六三年生。

鄭爸原本在知名品牌的電器商擔任維修員，孩子生病後離職，專職照顧孩子的空檔才到街上擺攤賣捏麵人。鄭爸有兩男一女共三個孩子，但都同時罹患了一樣的罕見疾病叫「腎上腺腦白質失養症」（Adrenoleukodystrophy，簡稱 ALD）。（注3）這個病名很長不好記，但如果你聽過或看過一部老電影叫《羅倫佐的油》，裡頭講的就這個疾病。

孩子出生時健康無異，所以孩子還未發病前，鄭爸和許多望子成龍望女成鳳的台灣父母一樣，是個對孩子功課成績要求很高的虎父，考試沒有滿分，少一分打一下。有一天大兒子博仁從學校拿了一張九十七分的考卷回家，因為害怕被處罰，所以和鄭爸撒謊說考卷遺失不見了。後來謊言被揭穿後，博仁因為這張九十七分的考卷被爸爸罰站在家門口，連晚餐都沒有吃。

很快，小學三年級的博仁，突然間就發病了。一開始是因為吃東西常常會嗆到，接著四肢無力開始萎縮無法行走站立，最後只能癱躺在床，逐漸無法言語和反應。鄭爸從此就再也沒聽過兒子博仁喚他一聲爸爸。小兒子為了捐贈骨髓給哥哥做醫治，在七歲時被提早診斷出也是腎上腺腦白質失養症的患者，鄭爸聽從醫生的建議，提前在小兒子發病前為他先做治療，這個決定讓小兒子很快就因為治療失敗而往生。懊惱的鄭爸永遠記得，那一天他牽著小兒子的手走進醫院，沒想到一百零五天後，卻是推著冰冷的孩子離開醫院回家。

「如果讓我知道孩子會有罕見疾病的話，我一定會用一千萬倍父親的愛來愛他們，一千萬倍父親的愛……。」鄭爸帶著眼淚這麼說。

父母對孩子的愛是天生自然無條件的，它不該是種獎勵，和孩子說你要乖成績要好，爸爸媽媽才愛你。愛要及時，因為你永遠不知道哪一天，孩子就不在了。

曾經在高中學過吉他失敗的鄭爸，選擇擔任貝斯手是因為它只有四條弦，還比吉他少了兩條，他認為這樣學起來應該應該會容易一些。背著巨大悲傷的鄭爸，在團隊裡一直都是一個不吝帶給大家歡笑的甘草人物。

鍵盤手巫爸，一九五九年生。

巫爸原本是一位專業的經理人，他和太太都是工作能力和事業心都極為強大的人。也因為高收入讓家裡的經濟條件很好，女兒以欣、兒子以諾兩個人從小備受呵護。但兩人陸續在小二和小三時發病，確診為罕見疾病「尼曼匹克症」（Niemann-Pick Disease）。（注4）

巫家姊弟皆是尼曼匹克症C型病人，神經系統病變是C型病人最主要的問題，包括肢體張力過強、協調力平衡力差，這些問題導致患者行動顯得笨拙而不靈光，站立或行走時為了幫助平衡，患者的雙腳距離常比肩寬，說話慢且發音不清楚。其他神經系統可能的病變則包括眼球的垂直運動障礙、顫抖與抽筋，且會漸進式加重，到後期肌肉無法控制導致長時間臥床。發育遲緩、學習障礙與智能不足使患者的一般表現差於正常人。

原本努力追逐財富的夫妻倆，在孩子生病後，人生價值觀也跟著有了相當大的改變。巫爸辭職轉換到教會工作，讓他有彈性的時間照顧孩子，他們希望可以給生病的孩子正常的生活品質，讓他們的生命過得有尊嚴。

教會有許多鋼琴方便練習，所以巫爸自告奮勇選擇擔任鍵盤手，巫爸的絕技是單手彈鋼琴，因為他學了一年多還是只能用一手彈奏！

鼓手勇爸，一九六二年生。

罕病家庭裡有很多爸爸落跑，但勇爸家則是媽媽落跑了。他的太太生產後發現孩子得了罕見疾病「小胖威利症（Prader-Willi Syndrome）」後（注5），留了一張紙條後便無聲無息地離家出走，當時兒子阿勇還不到四個月大。單身後的勇爸身兼多職，白天是一位計程車司機，晚上則是西門町紅包場的鼓手，假日還兼差賣滷味小吃。多才多藝的他抱著為了生活，有錢賺就好，能賺就盡量賺的信念四處打工，為的就是希望有機會能醫治好阿勇的病。

小胖威利症患者看起來都白白胖胖的，因為一旦發病時，大腦會告訴他好餓好餓，你現在已經一個月沒吃飯了！試想看看，我們一天沒吃東西大概就餓到軟弱沒力了，假使一個月沒吃東西，那種飢餓感會有多強烈？

但他們的飢餓感是無法滿足的，吃到食物邊從嘴角流出來，還是不斷把食物再塞進嘴裡。為了不讓他們因為飲食過量造成嚴重的健康問題，小胖威利患者家的冰箱會上鎖，食物也都會設法藏起來。但為了要有東西吃，小胖們會使一些小聰明想盡辦法覓食。例如：阿勇曾經打電話給家暴中心報案，說他快餓死了，因為爸爸都沒給他東西吃，結果社工帶著警察上門，才知道是惡作劇一場。或者他曾經偷跑到自助餐店去一口氣訂了二十個排骨便當，然後和老闆說：「我爸爸等一下就會來付錢。」自己就在店門口把二十個便當都吃完了。諸如此類的事情層出不窮，工作中的勇爸在接到警察局的電話，就得立刻趕去收拾殘局。

因為小胖威利症患者不像其他罕見疾病，從外表就明顯可辨別，儘管伴隨智能不足，但小胖們看起來反應都算機靈，一旦他們為了吃犯了錯，會被認為是有意識的作為，社會對他們的容忍度是較低的，也因此小胖家庭得經常面對法律上的問題。

六個家庭，六種不同的背景，這些特殊的主角，可能都曾經在街上與你我擦身而過，但如果沒有機會深入了解，沒人想像得到，原來每個爸爸背後有這麼沉重的故事。

注1：結節性硬化症

結節性硬化症（Tuberous Sclerosis）是一種遺傳疾病，目前已知病因有TSC1（結節性硬化症第一型）、TSC2（結節性硬化症第二型）兩種類型的基因突變，造成患者神經細胞和髓鞘形成不良，產生結節硬化。由於人體神經組織遍布全身，導致病人在不同的器官出現瘤塊。臨床上表現出非常多樣化的症狀，較為明顯的徵象是臉部皮膚出現血管纖維瘤或額頭斑塊、指甲邊緣有纖維瘤、身體上有三個以上的脫色斑（大片白斑）、臉部或身上有較為粗糙的鯊魚皮斑。部分患者常因腦部的結節，致使神經傳導受阻，引發腦部不正常放電，產生癲癇，患者如服藥控制癲癇，可使腦部細胞不致受損。根據國外醫療統計，約有三分之一患者智力正常，另三分之二患者弱智，部分病人有自閉行為。

注2：平腦症

平腦症（Miller-Dieker Syndrome）是一種腦回發育不全之遺傳疾病，主要為第十七號染色體上短臂小片段缺失所致，罹患率約為百萬分之十一．七。此疾病主要症狀為典型平腦畸形，同時伴隨特殊的面部特徵。

注3：腎上腺腦白質失養症

腎上腺腦白質失養症（Adrenoleukodystrophy），簡稱ＡＬＤ。ＡＬＤ是一種性聯隱性遺傳疾病，由於X染色體長臂Xq28位置基因上的缺損，導致患者細胞中的過氧化小體（peroxisome）異常，無法代謝非常長鏈飽和性脂肪酸（very long-chain fatty acids; VLCFA），因此會使體內非常長鏈脂肪酸異常堆積而沈積在大腦白質和腎上腺皮質，進而侵害腦神經系統的髓鞘質（Myelin），妨礙神經傳導。ALD可能在不同年齡發病；最典型的兒童大腦型（Childhood Cerebral Form；約占所有ALD患者的百分之三十五至四十）通常在四至八歲發病，之後語言及其他自主能力會逐漸喪失，於診斷後一、二年內成為植物人狀態，通常會在診斷後數年內死亡。而成年型則可能於十到二十一歲發病。因髓鞘質損傷所導致的神經退化症狀，病患是以中樞神經發展遲滯退化最明顯，臨床表徵相當多樣化，初期症狀為注意力不集中、個性退縮、記憶減退、功課退步、活動過度。隨著病程進展，則會有步伐不穩、漸進性痴呆、認知性聽覺喪失、失明、吞嚥困難、失聲、癲癇、昏迷。這個疾病在男性身上顯現和發作，女生則成為隱性基因不會發病。

注4：尼曼匹克症

尼曼匹克症（Niemann-Pick Disease）是一種脂質代謝異常的遺傳疾病。過量脂類累積於病人的肝臟、腎臟、脾臟、骨髓，甚至腦部，而造成這些器官的病變。臨床上主要可分為A、B、C三型。A、B型病人因為神經鞘磷脂酶（sphingomyelinase）的缺陷，無法代謝分解身體細胞膜上的主成分，神經鞘磷脂（sphingomyelin），導致其累積於細胞與器官中。C型的基因近年來才被找到，大約有百分之九十五的患者是NPC1基因突變造成。

注5：小胖威利症

原名為普瑞德威利症候群（Prader-Willi Syndrome），是一種因第十五對染色體長臂出現缺陷所導致的疾病，新生兒時期的病童，會呈現肌肉張力差、餵食困難、生長緩慢、以及體重不易增加等情況，但到二到四歲時則突然食慾大增且無法控制，對食物有不可抗拒的強迫行為，因此導致體重持續增加及嚴重肥胖，並產生許多身體及心理的併發症狀。

願望可以很簡單，讓我睡到飽就好

「活到老，學到老。」這句話似乎是用來形容女人的。

根據我的觀察，一般女性朋友都很樂於學習，不同年齡階段都能有不同的興趣可以培養，但大部分男性從學校畢業後，除非工作或現實上的需求，否則很少主動要學什麼新東西。很忙、沒時間是藉口，但保守、安於現狀才是事實。不然我們可以來腦力激盪回想一下，你身邊的男人下班下課後，他們都在做什麼？上網？看電視？打遊戲？還是做瑜伽？學烹飪？讀法語呢？

《一首搖滾上月球》裡的這幾個爸爸，和一般男人有個不同之處，在於他們還有一顆學習的心。

儘管為了照顧孩子，半夜得經常起來抽痰、餵藥、換尿布，病情如果突然有變化，就得送急診然後在醫院輾轉難眠。不為人知的夜半生活，讓爸爸們的平均睡眠時間，一天大約只有三到四個鐘頭。平時我們可能偶爾在考試前夕熬夜，或者是和朋友通宵玩樂才睡得少，但如果是經常性處於睡眠不足的狀態，會有多辛苦難熬？所以老爸們的願望，不是開名車住豪宅，也不是環遊世界吃米其林餐廳。他們的願望很簡單，就是希望可以一覺睡到天亮，睡到自然醒，都不要有人有事情來吵我。這個再簡單平常不過的願望，對爸爸們來說，卻如此的困難！

所以他們能在連睡覺時間都沒有的狀況下，還願意擠出空檔來學樂器，真的是「鬥士」才有的奮戰精神呀！睡不飽的父親們，組了一個名字詼諧自我嘲諷的團名叫「睏熊霸」，也就是台語睡太飽的意思。

這六個爸爸，原本在罕病基金會裡就是「罕爸康樂隊」的成員。這個團體是巫媽擔心自己的老公會落跑，所以慫恿巫爸成立的。大約二十多個爸爸，每個周末下午把孩子和太太帶來基金會參加活動後，也同時留了下來，這個純男性的合唱團聚在一起唱唱流行歌紓解壓力，效果還不錯，不過兩年過去，有一天擔任合唱團鼓手的勇爸忍不住說話了，他覺得大家老是唱這些口水歌也不是辦法，不如來組一個樂團，唱自己寫的歌曲！這個建議一出，大家都覺得天方夜譚不可思議，大夥們生活已經夠慘澹，怎麼還會有這樣的可能?!有

睏
熊

些人立刻表示沒時間沒興趣，最後留下幾個勇於嘗試的人。

而這六個團員裡除了吉他手和鼓手有基礎，其他全部是新手上路。看到這種慘不忍睹的狀況，我特別商請了好朋友四分衛樂團的主唱陳如山，來擔任他們的樂團教練，每周陪老爸們練習。

逐漸地，音樂變成他們的出口，晚上或假日在家陪孩子時，就戴上耳機苦練，時間也過得快一些。每周四晚上固定八點到十點的兩小時練團時間，讓他們暫時放下負擔，和太太「合法請假」出來放風喘息。練團室裡哥兒們笑笑鬧鬧，用力彈奏大聲唱歌，把一周來累積的壓力一次釋放。結束回到家，又有精力繼續奮戰！

音樂玩出一點心得後，他們居然天真地把搖滾殿堂「貢寮福隆海洋音樂祭」的大舞台當作目標。如果是熱血的劇情片，結局一定是老爸樂團歷經層層考驗和挑戰後，順利登上大舞台，甚至成功拿到冠軍，得到大家的讚許和歡呼！

但真實的人生不是這樣，無法得到醫治的罕見疾病，就像無解的人生難題。

在《一首搖滾上月球》的結局，睏熊霸樂團並沒有入選音樂祭，但是他們還是走到終點，帶著家人來到夏日海邊，享受這個難得的片刻愉悅。面對生命的挑戰選擇正面迎擊不放棄的態度，在大家心裡，他們早就是真正的Rocker。所謂的搖滾精神，不就是該這樣深刻地存在生命裡嗎？

紀錄片其實沒有太多資源，當初會決定要上院線，也是因為覺得這個故事很適合放上大螢幕來做大眾分享，所以行銷宣傳的部分，我們是沒有任何經費去下廣告的。紀錄片得靠口碑行銷，所以縮少上映廳數，集中觀眾，拉長院線放映的時間，才有機會讓口碑發散出去。也因此電影在上映兩周後，許多意想不到的事情發生了。

許多媒體從網路上知道了這個故事和這部片上映的消息，紛紛主動報導。我們也受邀上了許多「奇妙」的電視節目，例如綜藝節目和談話性節目做宣傳。可以想像到的媒體都出現了，甚至連知名的財經周刊都特別為睏熊霸這個樂團，做了封面專題報導！不花一塊錢就得到了最大的廣宣效果，這是我們意想不到的緣分和結果，也因此證明，這個世界不斷需要具有力量並且感動人心的真實故事！

另外一個美妙的緣分，就是與香港導演陳可辛的相遇。陳可辛一直是我相當喜愛的電影導演，商業不失藝術，把理想精準揉和在現實裡的風格，讓人敬佩，他創作上的質與量也都非常可觀。這一年剛好他來台灣擔任台北電影獎的評審主席，也因此看到了《一首搖滾上月球》這部作品，但礙於評審身分，為了避嫌，影展期間他並沒有和我接觸。直到影展結束後一個月，他才飛來台灣約了我見面。《一首搖滾上月球》這部電影讓擅於處理男性情感題材的他相當感動和喜歡，他說台灣、香港和中國大陸都沒有人能拍出這樣的紀錄片，希望我們可以讓他帶到香港上映，讓更多人看到這個故事。

對於一位資深名導演有這樣的賞識和期待，我們當然是喜出望外的。於是透過陳可辛導演和他在香港的「我們製作公司」的安排，《一首搖滾上月球》很快就順利在香港上映，睏熊霸樂團也受邀飛到了香港去做宣傳。

為了照顧孩子許多年沒機會離家的老爸們，很多人十多年來第一次坐飛機，跑完行程回到飯店，爸爸們圓夢了！因為他們終於嘗到了久違的好夢！為了讓他們真的可以一覺睡到天亮睡自然醒不受打攪，所有活動都安排在午餐過後才開始，習慣早起的我，看著同房鄭爸熟睡的面孔，心中的感受是既安慰又心疼。

我們入圍金馬獎了！

要能夠入圍華語電影指標競爭激烈的金馬獎十分不易，《一首搖滾上月球》獲選了，

不過我們入圍的不是紀錄片獎項，居然是最佳電影原創歌曲獎?!

電影裡，睏熊霸成軍兩個月後第一次登台演出，是受邀擔任四分衛樂團演唱會的暖場樂團，那時候他們還只會唱兩首歌曲，電影片段中他們演唱的歌曲〈I Love You〉，歌詞內容是關於他們照顧生病孩子的真實心情，描述不管再累再難，只要能看到孩子的一抹微笑就足夠了！老爸們第一次登台演唱的技巧和效果既不專業也不精緻，但是真情流露的情感，除了在演唱會現場打動所有挑剔的搖滾樂年輕聽眾外，更感動了所有欣賞電影的觀眾，當然也包含了評審。

歷屆影后影帝聚集，眾星如雲的第五十屆金馬獎，睏熊霸和樂團指導阿山，以這首〈I Love You〉順利獲得最佳電影原創歌曲獎！在聽到得獎名單後，老爸們一群人浩浩蕩蕩地走上舞台，相信沒看過電影的人，可能都會覺得奇怪，但在聽完他們漫長卻真切的感謝詞後，台下眾多電影人，紛紛落下淚水。

「這是一部紀錄片，這些爸爸們都是平凡的素人，所以我要感謝現場各位的耐心。這是他們第一個金馬獎，也是最後一個金馬獎，所以希望他們接下來能繼續進軍，金曲獎！」

這是身為導演的我，最後一個致詞時的內容。很榮幸沾了老爸們的光，和他們一起步上金馬獎舞台。一部紀錄片能拿到這個音樂類獎項實在珍貴，當然這都要感謝幫助這部電影和老爸們在音樂學習路上的所有樂手老師們，還有為菜鳥老爸歌曲中，所有的樂器演奏編曲的老師們，謝謝你們默默的支持和貢獻，才能讓這些平實無華的素人老爸們，有機會站上電影藝術的殿堂！

除了在港澳地區上映外，電影版權還接著銷售到新加坡、泰國、馬來西亞、越南、印尼等鄰近國家，台灣男人的故事被更多人看見了，也讓更多人有機會認識罕見疾病，包括長期照護的議題也同時被注意與討論，罕病兒家庭需要的不是社會的同情心，而是了解他們後的同理心。

因為電影上映，主角們開始受邀到不同城市去做演講和分享，原本覺得自卑不如人的爸爸們，成為鼓舞人心的精神偶像，孩子們的生命歷程，也發揮了珍貴的價值。他們樂意積極地走出去，是因為他們知道還有很多躲在月亮背後的男人們需要勇敢走出來，和他們一樣大聲哭大聲笑把心裡的委屈說出來，台灣男人不用裝堅強，其實還可以有不同的模樣。因為救了一個爸爸，也同時挽救了一個家庭！

電影的最後，我特別放了每個家庭和孩子小時候的合照，我相信每個人小時候甚至剛來到世上時，都有這麼一張和父母的第一張全家福照。這張照片代表著為人父母的初衷，提醒著我們，為何你想結婚？生小孩？目的一定不是為了只是傳宗接代，或者養兒防老，想為人父母一定是期待有個小生命誕生在你的生活中，豐富和完滿我們的生命。也因著如此，老天爺不管給了你什麼樣的孩子，絕對都是值得疼愛的天使，因為他們到來的那一刻，都已經影響改變了我們的人生。

二〇〇八年我在完成《飛行少年》後，正式開啟《一首搖滾上月球》的拍攝，在此之前其實我是不婚主義者，我反骨地認為被婚姻束縛是荒謬的。在這個充滿誘惑的時代，婚姻關係相對脆弱，能夠不斷有新的戀情不是逍遙多了嗎？我也覺得為人父母的包袱太大，不自由毋寧死才是真理，才是身為創作者該有的條件和環境才對。但這一走就六年的旅程，讓我對婚姻和為何要為人父母的疑惑，有了答案。

片子發表完後的隔年，我結婚了。

雖然在婚姻這條路上還是有許多不確定，不過至少我對未來已經沒有太多恐懼，要謝謝這些爸爸媽媽還有孩子們，用他們的生命故事帶給我的智慧和養分！

《一首搖滾上月球》從二〇一三年十月正式上映後還沒有下檔下片，直到現在電影還持續在台中萬代福戲院放映，上映時間已經超過七年。我們打破紀錄，並繼續創造新紀錄中。如果你還沒在大螢幕上看過，歡迎進戲院和我們一起發射升空登上月球吧！

人之老

我們的離婚率有多高你知道嗎？

僅次於美國和中國大陸，台灣的離婚率當前排名世界第三。不到十分鐘就有一對夫妻在戶政事務所解除了婚姻伴侶的關係。

儘管自己甘願走入婚姻，但心中還是存在著不確定感。對於這個需要用法律保障的脆弱關係，我帶著如履薄冰的心情，戰戰兢兢地經營。現代人非常重視自我實現感，婚前各自都有屬於自己的生活步調和習慣，一旦開始和另外一個人共組家庭成為長期夥伴，的確很多事情要跟著調整改變。磨合爭吵難免，但事後的溝通能否順暢，才是婚姻品質保存是否良好的關鍵。

身為紀錄片導演，和不少人交手來往過，自認生命歷練多，ＥＱ與溝通能力絕對不差，戀愛期間甚少和伴侶爭吵。婚前和老婆也是相處和平甜蜜又愉快的。

但是婚後很快就上演了夫妻吵架的通俗劇。一次夜晚劇烈的爭吵，老婆摔了東西，丟下一句：「不然我們離婚呀！」然後就甩門離家。

現在回想，當初到底吵的具體事由為何也不記得了，大概是因著一些生活習慣上的差異，又沒好聲好氣的說話，導致一發不可收拾的狀況。是的，新婚蜜月期過後，就是坦誠相見的殘酷期。夫妻間會看到彼此最私密不雅的樣子，你會發現他上廁所不愛關門，常常忘了沖水，吃飯咀嚼很大聲，襪子隨處丟。他會開始干涉你新衣服不要買太多，手機不要滑太久，下班後不要鬼混快回家，見到自己的父母時臉上要有笑容……。

然後我們開始感到窒息，卻沒發現我們同時也正在束縛著對方。

那晚的爭吵，我唯一慶幸的是，自己沒有腦充血地跟著回應：「好啊，離婚就離婚！」一方能夠主動先冷靜下來，讓衝突有個空間喘息和休止是很重要的。一旦沒有轉寰餘地，就會難以收拾。

半夜，自己在飯店睡得不舒服的妻子，再度回家悄悄地爬上床。假寐的我，這時才放下心中石頭。

吵架，是個性的磨合，是情感的表達，也是關係的情緒宣洩，更是婚姻裡不可或缺也無法避免的溝通行為之一。吵架其實沒什麼不好，吵得好會愈吵愈有夫妻臉，吵得不好則貌合神離。

在三天兩夜的冷戰結束合好後，我和妻子協定新的《吵架行為準則》，希望能讓以後的「溝通」更順暢：

一、絕不可輕言「離婚」兩字。

二、不能有暴力行為。（打人、摔東西、破壞物品）

三、不可口出惡言。（髒話、辱罵、人身攻擊）

四、不做出讓家人擔心的事。（傷害自己、離家出走）

五、吵完架最晚隔天一早就要主動開口和對方說話。（避免冷戰，符合床頭吵床尾合的古訓）

當然白紙黑字清楚的規範，並不會讓夫妻感情因此就一帆風順，但是這些討論，都是代表我們願意繼續投入婚姻經營的用心，隱忍、避重就輕都不是好辦法。夫妻似乎就是如此，在一起後，我們都無法再做過去的自己，卻也因為彼此而有了新的自己。

《人之老》這部作品，便是在這樣的環境下，誕生的主題。

二〇一五年上映的紀錄片電影《來得及說再見》，一共有三位導演參與，三部紀錄短片圍繞著老病死告別人生的議題。《人之老》便是我負責的其中一部作品。主角是兩位老人家，九十八歲的李福堂爺爺和相差八歲的妻子管文英，兩人故鄉在中國的東北大連。有一天，二十五歲的李福堂在家門口給國民黨軍隊抓去當兵，留下年輕的妻子和只有一歲四個月大的兒子。

李福堂隨著軍隊輾轉流離，最後在台灣落腳。管文英失去丈夫音訊後，獨自帶著孩子討生活，不久再嫁了一個碰巧也姓李的共產黨解放軍人。一道海峽的阻隔，直到五十年後才互相有了音訊，此時兩個人都各自有了新的家庭。

一九九三年兩岸開放探親後，李福堂踏上歸鄉路，卻人事已非。兩人重逢時皆已是白髮蒼蒼的老人。

曾經是國軍的李福堂和解放軍人老李，兩人一見如故。過去曾經在戰場上擦身廝殺，如今卻因為這樣特殊的緣分相識，回首那段動盪的時光，彼此更多了一份疼惜。

兩三年間，雙方的老伴都陸續過世。管奶奶放下在大連條件舒適的好日子，隻身飛來台灣，和獨居在彰化員林破房子的愛人重聚。一對青梅竹馬但年齡即將百歲的夫妻，在戰火的摧殘下，兩岸相隔失散五十年，再次相逢後，卻又是截然不同的人生風景。但這次他們決定不再分離，要彼此相守到最後。

這是大時代下的烽火兒女情，也是個迷人的愛情故事。

紀錄片拍攝時，管奶奶來台也已經二十年，七十六歲時她結了第三次婚，對象是她的第一任丈夫。如今爺爺的視力衰退，奶奶的耳朵也不好，彼此是對方的眼和耳，缺一不可。外出時共乘一部四輪電動代步車，走路時得要搭著手互相扶持。正所謂老伴老伴，一起到老相互作伴！

「我愛你」三個字，說完只要一秒鐘，證明卻要一輩子。

天長地久的愛情是電影愈來愈少出現的情節，在真實的世界更是絕跡般地愈加罕見。為何真愛如此難？為何珍愛一個人這麼不容易？到底愛，除了熱情與衝動之外，還需要什麼？要不是真的因為紀錄片拍攝，有機會親眼目睹，否則很難想像這世間真有如此不凡的人生。

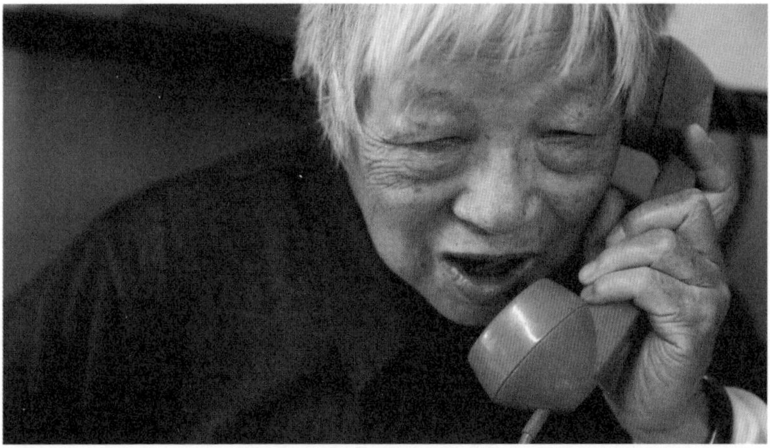

夫妻兩個字用台語來講，叫做「牽手」。

牽手牽手，走在路上，你會發現，其實很多「牽手」已經不牽手了。老公快步自己走在前面，老婆在後面跟著。兩夫妻一起到餐廳吃飯，全程沒有對談幾句話，靜默不語或者各自滑著手機……這些都是常見的真實景象。

從這對老伴身上，我看見他們的相處之道。兩個不一樣的人在一塊兒，一定都各自有著能力和性格上的強與弱。能夠欣賞並信賴對方的優點，包容和接受對方的缺點，協調與互補，也是一種甜蜜的依靠與依賴關係。但如果常常對彼此優點的強勢不服氣，又對弱點挑惕和嫌棄，這樣的相處，怎麼不爭吵不產生裂痕呢？

奶奶說，爺爺愛在外人面前說他前妻的好處，但她總是不回應也不去在意，反正人都死了，和一個死人吃醋幹什麼呢？他愛說就讓他去說。

但奶奶也告訴我們，自己是一個悲觀的人，想起以前到現在的事，常常會默默地流眼淚，誰也不知道。但是爺爺很樂觀，什麼都不擔心不害怕，老伴有著這樣的個性，讓她安心很多。

不是社會期待下，被動固化的老夫老妻。他們午睡時還會手牽手的習慣，絕對是你情我願共同澆灌出來的情感花朵。

我從這對爺奶身上，看到既傳統又前衛的夫妻關係。

這次的英文片名叫《*When a Woman loves A man*》，裡頭偷偷藏著我拍攝的心得。靈感來自一首英文老情歌〈When a Man Loves a Woman〉。但我把女人挪移到前面，大小寫也經過特別設計，讓女人外頭看起來是小寫a，但在家裡卻是開頭大寫的Woman，男人在外面看起來大寫A，但在關係裡卻是開頭小寫的man。就像片中這對夫妻，最強韌的還是那個勇敢的奶奶，她從一個母親，做到一個妻子，在這個愛的關係裡，女性的能量是很強烈的！

除了婚姻是不是愛情的墳墓，和夫妻的相處之道的探討外，《人之老》這部片另外想討論的是關於「老去」這個議題。

在台灣少子化及人口老化已成為事實，有愈來愈多人即將或已面臨「老而無所終」的困境。

青春的確是一件痛快的事，但褪色凋零後又是怎樣的狀態和境界？關於老去，這是我們甚少討論關注和願意面對的，擱置不談或許是一種逃避，但誰又能逃過老去的必然命運呢？「老吾老以及人之老。」到底人之老長得怎樣？生活又是什麼模樣？人之老生命的價值是否存在？勇敢地面對老去，也許才有能力讓我們真正好好活在當下。

大部分人花費大半輩子努力，想要站上高峰。但人生的光景就像登山一樣，不論你上的是玉山頂還是海拔超過八千公尺的聖母峰，絕世風景再美再稀奇，上了山終究還是得下山回到現實。下山這個過程，就是人們在面對身體的衰退，面對人生各方面不比從前，逐漸走下坡的階段。

不貪戀風光活在過去，去細細品嘗當下每一刻。年輕時為了登頂埋首苦拼，忽略了路上的美景，現在下山了，不正好可以自在悠遊？慢食、慢走、慢想、慢活，歲月的累積，讓人更有智慧去咀嚼生命的細節，這是老的價值，也是老的能力。過去錯過的，忽略的，在此刻都有了重新開始的機會，也有了不一樣的意義。因為老了也很好，因為我們都會老，所以面對老人，我們都需要投入更多肯定和關注。

人生七十才開始。故事裡的管奶奶，七十歲後重新當了一次新娘子，人生再綻放了朵花。

人老了，不代表美好一去不復返。人之老就像葡萄酒陳年，開瓶才能漫溢甦醒後的芬芳。

遺照

紀錄片拍久了，我愈來愈覺得，人生其實很公平，光著身子而來，眼一闔掙多掙少還是得孑然一身地走。

每個人一輩子要面對的考驗都差不多，差別只是在什麼時候？然後用什麼樣的面貌出現？

如同生病老死，是人生的必然過程，不論富貴與否，誰都得歷經這些。唯獨靠著身體與心性的修養和準備，才能讓人們在面對挫折的過程裡，有輕重不一的衝擊感受與詮釋。

二〇一〇年，因為工作的關係第一次來到中國安徽，一個歷史上水患頻繁，落後又貧窮名叫全椒縣的鄉下。這裡座落了幾間隨著時間破敗的敬老院，所謂的「敬老院」也就是老人安養院，但這裡頭安置的都是些沒有子女、財產和謀生能力的老人，讓政府保吃、保穿、保住、保醫和最後走完生命盡頭還給你保葬的「五保老人」。

聽起來條件似乎很好，但資源著實不多，因此老人家們實際的生活狀況都很差。當年援建的台灣慈善團體又來幫忙蓋了新的敬老院，趁著新舊交替之際，我們來拜訪並紀錄老人家離開前的樣貌。

在這裡住著的老人，從六十多歲到上了九十歲的都有。獨身的人居多，但也有幾對感情緊密的老夫妻。每戶都有一個小空間，一張床一個茶几一張椅，全部的家當進門就一目了然。每個人都來自不同的所在，背景也截然不同。他們並非生來就窮苦潦倒以至於晚年也孤苦無依。裡頭受過教育的曾經人生風光的故事也很多，但生命的河，讓這些來自不同流域的人們，最後都到了這裡匯集，一起奔往大海，也是人生最後的終點。

八十一歲牙齒全掉光，外號小鱉的江爺爺，曾經結過三次婚，但三任老婆都因病過世，唯一一個女兒在三十多歲時也心臟病往生，之後便被女婿棄養逐出家門。但現在他卻是敬老院笑容最多的老人，小鱉爺爺的人生故事精采到可以翻拍成一部電影。

在敬老院裡，江爺爺曾經有一個一塊兒生活的好哥們兒，五年前志工還帶著他們倆老到鎮上拍了一張合照。這次來，哥們兒已經離世先走一步，小鱉從抽屜翻出當年的合照給我們看，但卻發現照片被裁了一半，只剩他自己的那一塊。

「相片怎麼被切一半了，剩下那一半呢？」我問。

「大哥他走時沒半張相片，我就把他那一半剪下來，拿到墳上去了。」江爺爺回答。

後來我們果真在墓碑上，看到了相片缺失的那一半。

一天兩餐，一個月只分配二十塊人民幣可用的爺奶們，生活極度簡單。平時沒有太多活動，更鮮少有機會拍照，最近一張的相片，已是數不清多少年前斑駁又年輕的面孔，以至於悄然往生時，連張遺照都沒有。於是我決定為他們拍下這些樣子，在離開之前，送給他們。

留在安徽一個月的時間，在工作之餘，我輪流拜訪不同的敬老院，邀請全院老人家來拍照，一個人兩張，一張全身一張半身，是夫妻伴侶的再多一張合照。大家邊排隊都覺得新奇。當然我沒有直接嚷嚷著說：「爺爺奶奶快來，我來幫你們拍遺照喔！」這麼直白地說出口，大概只會讓人覺得觸霉頭而被討厭吧。等到相片拍完沖印出來並送給每個人後，大家自然而然，就能夠發揮它的用途了。

在縣城裡找到一家沖印店，把相片都沖洗了出來，還特別到禮品店訂購大小適中的相框，總算趕在離開前，一一交到老人家們的手上。爺奶們收到這份意外的禮物都非常地開心，一口缺牙笑起來格外可愛。

負責伙房工作身上總是一件塑膠圍裙不離身的陳大爺，還特別從廚房趕了出來，脫下手套不斷把手擦乾淨後，才小心翼翼地收過禮物。這些日子甚少和我這些外人對話的他，突然落下淚水，還掏出口袋裡斑駁的身分證，上頭的照片依稀可辨是他還是年輕小夥子時的樣子。

「謝謝你呀，小夥子，我很久沒這麼開心了……」陳大爺握緊我的手如此說著。

工作的同時，看到爺奶們的狀況而做了這些自以為有意義的事，希望不會給他們太多困擾才好。其實會有這樣的靈感，也是因為人到一定年紀後，愈來愈有機會參加告別式。在這樣的現場，唯一可以讓我們最後緬懷往生者的，總是靈堂中那張遺照上的模樣。但許多場合，你會發現那張重要的遺照，似乎是匆匆忙忙被挑選出來的，我常常在想，如果當事人也在現場的話，一定會為了不夠滿意自己那張遺照而抱怨吧？明明是很帥很美的人，怎麼被挑了這麼一張?!

我的奶奶因為帕金森氏症臥病在床二十多年，這段期間也沒機會拍攝任何照片。往生後的遺照，父親只能翻找舊照片，最後從她健在時的家族大合照中，截圖放大出來的。當時看到那張不夠清晰且修圖過度的照片，心中有許多感慨。我們已經記不起奶奶還健康時的模樣，留在大家心中的，只有這些日子來承受的負擔。

我們對於遺照的態度，也如同我們面對死亡的態度。

華人不太談死亡，因為「未知生，焉知死？」一，我們對死亡充滿避諱與禁忌，談及死亡彷彿就會觸霉頭，小孩子不小心天真地發問，就會被大人用「呸！呸！呸！囝仔人有耳無嘴」一句話，驅凶避邪來擋回去！

死亡也和老病一樣，你用數千童男童女也找不到長生不老的仙藥。不老不死是神話傳說，儘管很多智慧的古諺告訴我們，好死比賴活著好。但我們還是不斷想要延續壽命，逃避死亡。這些年流行的人體冷凍學，把頭部或屍體冰凍保存，等待未來科技進步時重新復活。這個觀念和做法不就和千年前埃及的木乃伊一樣嗎？如果你相信輪迴，好好地活，好好地走，這些冰凍暫停的時間，也許已經走過好幾世的人間遊戲了！

我常常在想，人真的不死的話，活著又會是什麼模樣？熱衷看活屍片的怪癖，大概就是我對人活而不死的想像吧。

彩虹因為隨時會消逝而美，電影也因為結局而讓人懷念。如果我們不談死亡逃避死

亡，就會活得比較好嗎？我們可以不避諱死亡的議題，並且開放性地去面對並討論它，讓死亡不是充滿著神祕感，相信大家因為對死亡有更清楚的認識後，才能回過頭來好好面對「活著」這件事，而不是逃避死亡或者逃避活著時，才不得不的選擇死亡。

因為數度與死亡交會或擦身而過的經驗，讓我有機會深度去認識它。對我來說，死亡最簡單的解釋就是「Game Over」遊戲結束了。

停了，沒了，無法繼續了。有些可惜，有些遺憾，卻也是生命最自然不過的面相。

在紀錄片拍攝的過程當中，看到很多在病弱中像要發揮生命價值，忍著病痛繼續堅強活下去的人們。對他們來說，死亡就像隔壁床的鄰居，每天都在和他們打招呼。生命的誕生與存在的意義為何？真的都得靠個人去咀嚼。

《一首搖滾上月球》裡得了罕見疾病的孩子，每天看著自己的生命在倒數，他們的父母早明白得陪著孩子走到生命的盡頭，但在死亡真正來臨前，活著的每一天都還是可以充滿價值。電影裡的鍵盤手巫爸，他的兩個孩子以欣和以諾都罹患了尼曼匹克症C型，國小三年級發病後，逐漸無法言行，最後連吞嚥也沒辦法，只能靠胃簍管灌食維生。但巫爸和太太還是想維持孩子生活的品質，放棄高薪的工作，改變人生觀，努力克服困難和外界眼光，帶著他們的孩子走出自我封閉的哀憐，除了環遊世界五大洲外，還一起陪著孩子考試入學畢業，成為大學和研究所的同班同學。對他們來說，生命的態度就是不放棄，堅持到最後一刻，因為能多往前一步，轉個彎，也許又是不同的風景。前兩年他們還接受美國醫療單位的邀請，舉家飛到美國長居，讓孩子接受最新的實驗治療。

「我知道他們不會因為這樣子病就被治好了，而且過程會非常辛苦，但我們還是要去。」巫爸說。

「這些實驗治療的過程，對未來的罕病孩子都是非常重要的數據，也是以欣以諾的生命可留下來的價值。」巫媽說。

古歐洲人說：「只有才德兼備的人，會在金碧輝煌的殿堂永遠活下去。」不避諱死亡，理解死亡，並隨時為死亡做好準備，好好活著，就算隨時死去也沒有遺憾，這也許就是所謂的「置死地而後生」吧！

送給遠方的爺奶們遺照當禮物後，我開始有了新的靈感，一個叫做《遺照》的創作計劃。

我要繼續幫人拍遺照，然後在主角們都離世後，展出這些照片。在展覽的現場，我也會布置一個簡單的攝影棚，一塊背景白布，一張椅子，一台上了腳架可以遙控按下快門拍照的相機，讓所有來參觀的人都可以在現場，為自己拍攝第一張「遺照」。然後作品會立刻傳到牆上一個等框大小的螢幕輪播，成為現場展出的作品之一。

這件事最有意思的是，當你坐在椅子上面對鏡頭，自拍一張遺照時，你就是在做「面對死亡」這件事了！當你願意面對它，才有機會開始思考它的意義和存在。

為了服務來不及到現場參觀的朋友，我還會貼心地架設一個遺照網站，讓所有人都可以自由上傳自己的遺照，然後留十張或十段足夠代表你一生的照片或影像紀錄，你還可以寫一封遺書，最後再附上十個 email 網址，是你最想要讓他知道這個連結所在的人。將來萬一有需要時，他們就可以在這裡找到你想遺留給所有人最後的印象和記憶，當然包含那張最重要的「遺照」！

這個遺照網站的資料，你可以隨時更新。

當然，這個計畫不是要勸大家自殺，或者讓大家浪費時間不好好生活，光想著萬一死掉要怎麼辦？這個創作靈感，只是想利用這樣的形式，讓大家有機會也願意開始去討論死亡的議題，對死亡有心理準備，然後回過頭，好好珍惜每一天。

如果有一天，這個計畫真的上線了，請你也來上傳一張遺照吧！

歡迎來我家

人的價值從何判斷？頭銜？收入？社會地位？財富高低？

如果說，人的價值必須放在人群裡，看你為他人貢獻什麼，價值才因此而來的話？那如果有一種人，一身殘疾不事生產，還成為了社會與眾人的負擔。這樣的人，價值何在？

台南高鐵站不遠處，有一塊每逢大雨就淹水的低窪地，上頭散落幾間高噪音和高汙染的工廠，其中還夾雜了一座私人的五甲教養院。一道厚重的大鐵門後，住了一群重度智能和肢體障礙的孩子。雖稱他們為「孩子」，但裡頭多已成年，還有六十多歲的阿嬤級人物。不過他們的心智狀態像孩子，需要照護的程度，也像個無法長大的嬰孩。而這些孩子們絕大多數都被家人遺棄於此，沒人關心沒人在乎。

帶著佛心的創辦人靠著一己之力，在社福機構與制度還不夠完善的年代，把在路上或醫院裡一些病餓癱沒人要的孩子們帶回家，讓他們有個能遮風避雨的地方。這個地方逐漸曝光後，開始有人不遠千里，把他們視為負擔和麻煩的家人丟來這裡，然後就不聞不問失去了聯繫。

其中也包含了很多孩子的親生父母。

《一首搖滾上月球》裡，父母對生病孩子的愛，排除萬難極盡心力的照顧讓人感動，那樣的情感我們能理解，因為孩子是他生的，所以愛得理所當然。但在五甲教養院裡，看到這些被家人和父母遺棄的人們，你會感到震撼，會感到疑惑。

天下無不是的父母？不，天下真有不是的父母。

隨著交通便利，縮短世界的距離。一班高鐵一趟飛機，就能讓你迅速轉換到不同空間，兩個場域間的落差，有時會大到像穿梭在不同次元一樣。同樣的一分一秒，當下卻有如此多人間百態在走。你為生命的無常嘆息，也為命運的多舛唏噓。心中不免好多的疑問，同樣生而為人，為何有這麼大的差異呢？

看著五甲教養院裡這些人們，如果連他們的父母都放棄他們了，為何社會還需繼續花費這麼多資源讓他們活下來？這麼做的目的何在？一定有意義吧？那這些無法為自己發聲的人們呢？他們和社會的連結為何？他們又是如何刻畫自己生命的模樣？

《歡迎來我家》是一部探討生命價值與尊嚴的作品。

隨著年紀和創作經驗的累積，四十歲過後，對人生也有了不同的態度與看法。你會檢視過去覺得理所當然的事情，也會開始打破一些道理。

這些有重度智能和肢體上障礙的人們，不太有表達和行動的能力，所以這次拍攝上的特點變得簡單的是，攝影機的存在似乎沒有設限了，但難的反而是如何詮釋這次的作品。一年多的蹲點拍攝，在五甲教養院裡與他們一起生活，就像一個也從外頭初來的人，加入了這個大家庭，一起吃喝睡玩笑哭。

《歡迎來我家》這部作品，我嘗試打破過去的習慣，用一個全新的方式和角度去詮釋被稱為「弱勢」的人們，片中沒有任何的訪問，也沒有出場人物的姓名與頭銜的字幕介紹，就像走進劇場，看著舞台上的演員細膩的肢體動作，聽著他們簡單清楚的對白，你不需要知道他們叫什麼名字，但你一定會認識他們，也看得懂他們的故事，如同閱讀劇情片的敘事方法。我想提供讓觀眾走進那個場域，彷彿也和他們生活一起的視角，不再是由外

而內，上對下，強對弱，優對劣的關係位置。

影片被處理成黑白與彩色的兩種色調交叉出現，黑白如同紀實攝影的質感，聚焦在人物的輪廓與生命狀態，代表著他們最真實的樣子。彩色通常是他們走到外頭，或與外界有連結時的段落，代表一般社會眼光看到和理解的他們。片裡偶爾會出現歌劇曲目，強烈、突兀、荒謬，營造了一點末日感，讓人猜想，究竟這裡是天堂還是地獄？義大利文的歌詞裡，同時也唱著牧羊人與羊群的故事與關係。

我捨棄了一貫的作品風格，不溫馨不感人不熱血也不勵志，作品刻意和觀眾保持距離，試圖讓你感受到一股張力，有點不舒適甚至會覺得，為什麼要讓我看這樣的東西？電影很單純，不去置入任何明顯而強烈的主觀議題，一切都待你走入後，自行感受體會。

過去這類與機構相關主題的作品，通常都會以機構主持人或老師們當主角，由上而下的觀點去帶入「服務者」與「被服務者」的關係。這樣的比重失衡無法呈現真實原貌，片子多淪為單位募款、形象宣傳、社會教育的功能價值。

被認定擅長讓作品充滿正面能量屬性導演的我，也對這樣的現象感到厭倦。我的鏡頭，關注在主流社會邊緣非主流活著的人們，鏡頭外，又得同時在主流價值的規則和縫隙當中，尋找資源來拍片。這樣進出的轉換，也常常讓自己感到疲憊。

當人性奔跑，追求光輝的同時，也會從口袋掉出許多不堪。

就像紀錄片導演並非皆為悲天憫人、富正義感或善良純真的可敬之士。攝影機只是工具，拍片只是一個技能，導演只是一個工作職稱。但如果把拍紀錄片當作個人圖名圖利的途徑，這些慾望與企圖，絕對也會在你的作品裡，被發現。

就像「做慈善」這件事的荒謬一樣。

《歡迎來我家》的拍攝過程，遇到很多絡繹不絕來教養院裡拜訪的團體。其實這樣的私人機構，的確需要許多大眾資源才能維持，所以來訪的客人，院方和院生都是真心歡迎，任何的援助不論多少大小，也都感恩接受。

但我們看到的無奈是，許多不必要的物資，造成機構更大的困擾。例如：破舊不堪本該被丟棄回收的衣物、棉被、家用品……，源源不斷被送來。每逢節慶過剩的祭品，如：白米、沙拉油、飲料、零食……數量大到讓教養院還得花人力整理，然後再分送給家扶基金會或其他困苦的低收入戶家庭。當然已過保存期限的食品更是教人傷腦筋。這些沒有功能的物資送來時，你還不能拒絕，否則必遭白眼責罵不知感恩。但是把自己不要的垃圾「施捨」給別人，並認為他們應該要珍惜使用，這到底是怎樣的心態？

拉開單位活動紅布，快閃拍照打卡做業績，或者把這裡當作信仰和生命教育的博物館參觀，然後告訴自己，和他們相比我們很幸福，大家要惜福，要活在當下把握生命?!

這些種種荒謬，都是我們習以為常，卻少被看見與討論的真實現象。

台灣的偏鄉和弱勢族群過去倚賴外來傳教士的關懷，隨著文明和社會的進展，我們已經建立起相當水準品質的社福制度，雖然方式和挹注的資源還有很大的進步空間，但一般民眾在生活富足行有能力之餘，已願意去關注社會其他族群和弱勢議題的推動發展，並有了成熟的志工文化與人性關懷的特色，這都顯現我們已經走進追求心靈完整的階段。

但願在趨向於光的時代，我們都能不斷自我思考反省和改變，打破政治正確價值單一的僵化狀態，生命將更多元，生命的尊嚴，也許才會有了更具深度的價值存在。

至於，走進厚重鐵門後，認識生活在這個園地的人們，是否讓我解答，關於生命的價值為何的疑惑？這些被家人遺棄，一生都需要被照護的人們，不論他們是否能夠行動和言語？你都還是可以看到他們奮力想要表達的訊息，一個眼神一個身體的律動，或者開心滿足、難過不舒服的情緒感受，只要你願意交流，絕對都可以得到這些傳遞，這些都是生命存在的狀態，如同天地萬物一樣。

紀錄片導演當久了，你會發現真正的導演其實是上帝，是老天爺、阿彌陀佛或阿拉。我只是在祂戲裡，一個扮演「導演」這個角色的演員。走在大街上，那些與你擦身而過的人們，也是不可或缺的演員們，不論他們是用什麼裝扮、對白、動作出現，切換個鏡位角度，另一個故事正在熱烈上演中。尊重所有的存在，你看不到的角落，每個人都很努力地討生活。看似對你無意義的人，可能是某個人心中最重要的角色。

因此，所有生命的存在一定都有意義和價值，只是我們還不夠有智慧，沒有全知的能力。身為一個大舞台上的小演員，這一生能把自己淋漓盡致已經夠挑戰了，何況還談去關照到別人的那一份？謙卑尊重平等，不用優劣去階級區分，世上才能少去人心泯滅的殘酷。《歡迎來我家》是一個試圖把觀眾關進另外一個時空的幻術，否則，我們都將永遠無法真正理解不同與你的角色。

四十歲時的我，人生進入一個奇妙的階段。經驗的累積，讓你在生活和工作上都愈來愈能信手拈來，甚至擁有了某些獨特的專長，成為某個領域的專家。也因此，更容易得到資源和機會，重覆你熟練到極致的活兒。

但這件事，卻讓我感到莫名惶恐。因為你害怕自己不會再進步，不會再改變，不會再有什麼新的可能了……。不再進步和改變，對創作者來說，的確是很大的殺傷。這個致命弱點，通常會出現在你已經熟能生巧，可以開始反射性地動作，不再吃苦傷神的時候。

當可以開始坐享其成的階段，我停了下來，對過去的價值觀和習以為常的自己，有了許多質疑、思考，甚至推翻，包含生活方式也包含創作方式。

《歡迎來我家》就是一場個人內在的寧靜革命。

所以我打破自己的規格和習慣，任性地完成了這樣一部「很不好看」的作品，既不勵志、不熱血、不感人，也不好咀嚼。不論形式議題以及看待世界的角度，都顛覆已累積成形的自己。因此也讓這部片很難推，沒什麼機會曝光。但我很高興，更慶幸自己有機會和勇氣完成這部作品。

這是黑糖的隱藏版作品，揭露了自己某塊缺失的破角，也揭開一個潮濕的社會角落。人生是一連串的累積和撞擊，因為《歡迎來我家》，讓我完整了後續的作品。

男人與他的海

人體有百分之七十是水，你卻被困在脂肪裡，
地球有百分之七十是海，你卻被困在陸地上。

一天有二十四小時，你把百分之七十給了工作，
一年有三百六十五天，你卻沒幾天屬於自己。

一輩子有生老病死，除此之外，你一點回憶也沒有？

在台灣，大部分人生活一半的時間，幾乎都貢獻給了你的「職業」（包含學生）。為工作打拼似乎是掙取未來的唯一保障，不論勞心勞力燒肝好多攢點收入，或是工作有些理想性，收入不高就當貢獻社會做功德……。然後大家工作之餘，出門人擠人花錢消費換點小確幸。

學生不能只有作業、作夢和消費。將來出了社會，人也不能只有工作、理想和消費。紀錄片導演這工作，能溫飽但賺不了大錢，幸運的也算是帶有理想的職業。我和大家一樣也花錢消費，不過我的消費都花在「學習」新事物上，但如果，人不能只有工作、理想和消費的話，那現實而平淡無奇的人生，還需要些什麼？

培養一些不為工作專業的「能力」，絕對是個可以豐富生命的好投資。就像我在三十五歲後自我察覺，發現生活不該只有拍片打工、電影理想和消費放鬆來犒賞自己。

拍片是一個高壓又燒腦的活兒，每完成一部新作，頂上必定又會多了一區白髮。拍攝期可以到處遊走，交交新朋友，但進入後製剪接期，你就得一個人孤單地面對所有拍攝素材，試圖整理出個邏輯，再不斷推翻修改，緩步前進，直到完成最後的成品。這個曠日費時的「煉丹」過程最難熬，很多人在這裡卡關放棄了，作品因此無疾而終，十分可惜。

攝影／金磊

面對這麼煎熬的挑戰，運動，成為我紓解壓力的好方法。

夏天潛水、划船，冬天滑雪、跑馬拉松。運動時與自我內在對話的過程很迷人，你能在這當下看到自己內心的狀態，特別是怯懦、恐懼、逃避……這些平時被隱藏很好的脆弱。藉由身體的勞動，從賁張的肌肉與揮發的汗水，磨練出心性、意志和抗壓力。這些轉化而出的特質，都能回饋在工作和生活當中。當然身體維持健康，更是直接的受益。運動真的會使人快樂，屢屢讓我度過低潮期情緒風暴的籠罩。

興趣，慢慢累積也能變成專長，如今，我還有一個「滑雪教練」的身分。從事這些極限運動讓我的生活範圍和視野大開，結交到許多不同背景領域的好朋友。

好吧，就讓我來聊聊運動，傳一下教吧！

跑步，是最方便的運動。一雙跑鞋帶著走，抵達每個城市或鄉間，慢跑就是最好的導覽。選一個早起晨間或收工後的黃昏，出門上路，一小時跑個十公里，就夠讓身體覺醒，充滿一天活力，或者緩衝工作後的勞苦。原本只是減脂兼維持體能的運動，居然讓我跑著跑著就跑出興趣，為此還開始加入專業訓練，參加了國內外的全程馬拉松賽事。以前聽到要跑完四十二公里，就認為遙不可及，只有專業運動員才能完成的事。但當你從跑十分鐘氣喘吁吁的階段，有一天能夠輕鬆跑完十公里，甚至已經完成了半馬二十一公里，這時候，四十二．一九五公里的全馬目標，已經近在咫尺了！

不過慢跑真的是件折磨人的修行。從踏出門的第一步，就充滿掙扎，想立刻放棄掉頭回家。一路上你得不斷說服自己：再跑一公里就好，再忍耐個十分鐘吧，跑到前面那根電線桿，過了那座橋我們就停，既然都十八公里了，再湊個三公里就半馬啦……。跑步可以讓你看到自己的惰性和身體的軟弱，跑馬拉松除了提升肺活量和肌耐力外，更能磨練人的意志。

跑步是一件孤獨的事。

寫小說是，拍紀錄片也是。所以我想，紀錄片導演應該都可以和村上春樹一樣，是個能享受孤獨的好跑者。

當然，有人倡導跑步跑馬拉松的好，同時一定會有另一個持相反意見的論點，告訴你跑步有多傷害膝蓋，跑馬拉松有多違反人體機能……。每件事過之與不及都不好，只是坐在沙發上用跑步有多容易受傷當不運動藉口，那倒不如先想想缺乏運動造成的肥胖和疾病，會讓你多更容易折壽?!

那滑雪是怎麼一回事？台灣沒有雪，要去哪滑？

和隨時隨地可以進行的慢跑，滑雪對台灣人來說，的確是個勞民傷財要費點心力才能進行的運動。喜歡嘗鮮新奇事的我，有一天望著窗外那豔陽高照一點寒意都沒有的冬天，突來靈感，何不去滑雪感受真正的冬天呢？上網搜尋，還真的找到一些主辦滑學的行程，就這樣踏上了北國雪地，一試成主顧。

大片雪白的風景，對身處熱帶島國的我們來說，相當有震撼力。

站上滑雪場頂峰一望無際，只能聽見颳著雪的風聲和你自己的心跳聲。初學滑雪是件挫折感極大的事，長大成人後，我們都愈來愈知道如何預防跌倒避免失敗，但原本就行走不易的雪地，穿上笨重的滑雪靴和雪板後，會讓你變成一個剛學走路的嬰兒，經過半天好不容易能站起來，能夠開始滑動了，接下來就是一連串的跌跌撞撞，無法控制方向，沒辦法煞車，愈怕哪個方向結果卻愈往那邊去……然後趴在雪地上費盡氣力也爬不起來。有些人一天就放棄了，還有公司的大老闆把雪杖怒摔在地，像個孩子一樣任性地大罵：「我不學了！！」

所以風景絕美，但要一親芳澤不易的滑雪，能夠讓你面對內心的恐懼，然後在無能為

TOKYO
東京メトロ
C75092

力的挫折中慢慢站起，從害怕速度和高度，到能享受並駕馭。滑雪成為鼓勵一年辛苦工作的自己最好的犒賞，讓我每年都有一個值得期待的事，不論是到不同國家去滑雪或者擔任教練到日本教滑學團，都是讓生活和心情轉換的好方法。

至於夏天的活動潛水和划船呢？這個靠海玩海的運動，應該在島國很普遍不是嗎？諷刺的是，台灣四面環海，擁有豐富海洋資源，人民理當生活與海洋息息相關，並發展出多元興盛的海洋產業，但至今我們仍然是個只有海鮮文化，沒有海洋文化的國家。

因為揹著氣瓶下海潛水，才發現島嶼四周海下世界的慘況。濫捕造成魚類資源枯竭，汙染和破壞也讓原本應該生意盎然的海底世界，這幾十年間已逐漸成為一片灰色死氣的荒漠。這些事實和真相，如果只是站在陸地上，你既看不到，也會覺得與我何關？所以培養這些能力，不只是休閒紓壓，還能讓你打開窗，進入另外一個世界，有了不同的事去關注，生命的意義也開始不同。

為了想更親近和了解海洋，我繼續精進游泳、除了水肺潛水外，還接觸了自由潛水、學划海洋獨木舟、學開帆船，讓自己具備更多海洋能力。這樣的選擇和緣分，讓我開啟了全新題材的拍攝。

《男人與他的海》就是一部以海洋為舞台的作品。兩位紀錄片主角，海洋文學作家廖鴻基和鯨豚攝影師金磊。開拍第一天，大夥兒就上船出了海。二〇一六年夏天，廖鴻基和黑潮海洋基金會的夥伴，籌備了一個深具意義的「黑潮一〇一漂流」計畫。我們搭設了一個三公尺見方的浮動方筏，從台灣尾的台東成功外海出發，搭乘方筏順著黑潮無動力北漂，預計十二天的時間，漂到台灣頭的宜蘭蘇澳外海。

何謂黑潮？黑潮是地球重要的洋流，也是為台灣帶來豐富資源的命脈。它從赤道出發，把溫暖的海水帶往北極，讓冰冷的極地得以有生命維持，也讓北方的港口在冬天不致於結凍。因為水質乾淨流速極快，黑潮就像條海中高速公路，提供迴游性魚類移動和大型魚隻覓食的生存之道。黑潮流經台灣，與我們的關係密切，但除了靠海吃飯的漁民外，大概沒有多少人了解它。台灣雖為海島國家，但因為歷史背景與文化的因素，讓我們恐懼海洋背對海洋，覺得海高深莫測，隨時會把生命給吞噬掉。因此習俗上不讓人近海，制度法規上，也不讓人出海，我們甚至在海陸交際，堆起層層消波塊，築起一道道堤牆，把自己關在陸地上。

和廖鴻基大哥兩個人約在台北車站的二樓碰面。初次見面，就很喜歡他那樸實內斂的個人氣味，那是一種生命經過洗鍊與沉澱後的人，才會有的特質。聽他簡單描述黑潮漂流計畫的概念構想，腦海中同時浮現許多畫面和想像，海風拂過，浪聲搖曳，彷彿自己已經來到海上。爬上喜馬拉雅山、沙漠裡野營、死海裡游泳、瓦拉納西恆河泡過澡……樂於嘗試各種旅行方式的我，似乎還沒有參與一個離開陸地往海上，如此特別的冒險行程。

致力推廣海洋教育的拖鞋教授蘇達貞說：「偉大的冒險家從不做冒險的事。」冒險和拍電影一樣，需要熱情和豐富的想像力，經過縝密的計畫、籌備、推演後開始進行，過程中會有許多變化要臨機應變隨時調整，把一定會發生的風險降到最低，才能繼續前進。所以說，冒險家也很適合來拍電影，拍電影的也都是冒險家！

廖鴻基當年放棄安穩的工作，想為受困的人生解套。選擇離開陸地逃往海上，接受全然陌生且被視為底層的漁民生活，用身體勞動來釋放精神壓力。自從無涯的海洋取代了狹隘的圍牆，截然不同的海上世界，帶來莫大的視野衝擊，讓他開始用筆，記錄這些見聞和活絡的感受。靈感源源不絕，生命不再苦悶。他的書寫創作，也讓台灣匱乏的海洋文學，注入了許多養分。

接著他就有了更多不同的創意和想法，這些計畫也紛紛都被落實，例如：他籌組尋鯨小組出海做台灣的鯨豚海上調查，推行賞鯨活動、跟隨魷釣船遠航、駕船繞台灣島一周、划獨木舟跨島，甚至上了貨櫃船航行歐洲將近五十天。這些首見的海上計畫順利結束後，也都成為他書寫創作的內容，他真是個海上的冒險文學家。

因此，二〇一六年的「黑潮一〇一漂流」也是一個新的行動，直接到太平洋上去搭乘黑潮，感受黑潮、閱讀黑潮、記錄黑潮，除了方筏上作家體驗寫作外，戒護船上也有科學團隊同時進行研究計畫。

跟隨這趟旅程出海，讓我第一次用海上的角度看台灣，回頭觀看自己生長的土地，更能感受島嶼的輪廓樣貌，當年所有冒險家和移民者，一定也都用過這個視角，發現這塊夢想之地。

為了拍攝需求，我和攝影師揹著氣瓶潛在水深超過四千公尺的太平洋上頭，一種在太空飄浮的感覺，身邊出現的任何一條小魚，在此刻都比你有能力，也讓你謙卑地感受到人類的渺小。

海上拍攝階段，沒有訊號。你就是望著無盡大海，平時在陸地上的積極和焦慮在海上都不需要了，夜晚躺著，身體讓海浪逮著搖擺，就像回到嬰孩時母親的懷抱，不知不覺入眠還睡得特別好。有一夜，海面平靜無風無月的黑暗海上，只見我們一只漁火。

突然出現背鰭了！

約莫十來隻的熱帶斑海豚，在水裡繞著我們，包圍被燈光吸引而來的魷魚。這是歡樂豐盛的家族聚餐，因為連飛魚也擺進了菜單。此刻空中飛來上千隻的鳥兒盤旋，除了鶺鴒、燕子外共有四種以上不同類種的鳥群，像分列式一樣在夜空展演，累了大片停歇在海面或船頂。各式的昆蟲飛蛾，還有不斷竄出伴舞的鬼頭刀、睡魚、水針、小魚球……。

彷彿仲夏夜之夢或電影《少年Pi的奇幻漂流》前奏，但熱鬧的程度更似一場夜總會般的大型舞台秀，不同的表演者連番上台，撫慰海面上這艘孤單的船火。

航海多年的廖鴻基說：「這是我第一次在海上看到如此精采的景象！」大海裡，沒有不可能的事。我們躺在船頭甲板，為這奇幻美妙的海夜，沉醉。

出發前，根據氣象和潮汐資料經過精準的計算，原本預計十二天才能結束的黑潮漂流，沒想到不到七天就完成了！過程中，海面上每一刻的天氣狀況都大不相同，有時平靜地像一面鏡子，有時候驚濤駭浪彷彿一口要把人吞噬，有時候完全無風不動，有時候卻又像被急切地推著走。到了海上，只能期待，無法預料，除了晨昏日夜，時間的計算方式和

陸地上已截然不同。海，是個修行的道場，在上頭讓人把一切都掏了空，然後開始裝載新的可能。

海，對陸生的人們是神祕的。它占了地球百分之七十的面積，但至今我們對它只有約百分之五的研究和了解。

世界很大，如果沒有親臨，對你來說都像是不存在的。

儘管只是離我們這麼近的台灣東部太平洋海上。

因為《男人與他的海》的拍攝，我搭上黑潮；徒步走過了台東的海岸線，踏在海陸之際，那裡有種絕然於世的孤寂美；在澎湖用獨木舟跨越各島，從高空的角度觀看，澎湖的海色和馬爾地夫一樣耀眼；最遠還飛到了南太平洋的東加王國，和大翅鯨母子大眼瞪小眼，面對面在海裡共游。

海洋能力，讓我在陸地受限的狹隘生命，延伸擴展到了更大的海上，未來，也有了更多的希望和期待。直到目前為止，我對自己的人生有了不一樣的目標！我祈禱能成為一個水上救生員，再來有生之年，不是冀求電影作品能否入圍坎城影展或奧斯卡金像獎，而是希望自己能有機會可以駕著帆船環球一周！

這是身為一個島國子民的自我期許！

也因此，《男人與他的海》這個片名要說的是，台灣不是停滯不動的，它的形狀不是地瓜，而是一頭停在水面換氣休息的鯨魚。這頭鯨魚即將甦醒繼續移動，往世界的任何一個有海洋能及的角落，航行！

攝影／張皓然

我的人生也在漂流

剪接真的好苦呀！

相較於拍片時的開心充實，孤獨的剪接階段，一直都是我最深的恐懼和焦慮。這次同樣在《男人與他的海》的剪接工作當中泅游了一年。如何去詮釋和表現海洋，本來就不是一件容易的事，我不希望它流於慣常的海洋生態片，或是太個人呢喃的意識流。揉和現實與理想，記錄與藝術，能承載人的生活氣味又能醞釀生命啟發的期待，是讓我卡關的原因。

當然自稱有「剪接恐懼症」的我，從事紀錄片創作這麼多年來，從來沒有在剪接這個工作上有過任何愉悅的感受。沒有一次不是處在痛苦的奮力掙扎煎熬之中。因為拍攝期長，所以我的拍片比都很高，也意味著累積的素材量很大，光整理檔案，把拍攝內容轉檔，再用人工的方式聽打變成方便閱讀的逐字稿，這個前期作業就需要占去一半時間。

如今攝影器材的日新月異，檔案格式從ＨＤ高畫質，變成了更細緻的２Ｋ、４Ｋ甚至連８Ｋ都已虎視眈眈，為了考量畫面的品質，容量巨大的檔案這時候就是一場惡夢。因為後製設備要跟著提升，其實就是要更換昂貴的新電腦和更多新硬碟才能跑得動。而紀錄片在沒有預算的情況下，就只能犧牲更多時間，在檔案播放延遲不順，常常當機得重開的情況下作業了。不過一味追逐更高畫質的拍攝也很荒謬，因為目前台灣的放映平台還是以ＨＤ或戲院的２Ｋ居多，這些需要「降轉」才能處理的４Ｋ檔案，目前實在還不太適合紀錄片拍攝上的全面使用。不過，我相信一兩年內，４Ｋ應該很快就會變成主流，所有的工作平台都能順暢支援才對。

其實，我不該抱怨這些的，所謂「天將降大任於斯人也，必先苦其心志，勞其筋骨」。總之，分享給對紀錄片製作有興趣的朋友，這些都是目前工作上實際會遭遇的狀況。

在《男人與他的海》的拍攝過程，我的太太懷孕了，片子殺青時，我的女兒也出生了。

原本習慣生活自由，無拘無束的我，這下子因為有了一個嗷嗷待哺的嬰兒，人生來到一個全新的階段。首先最大的改變就是，你不自由了，你有了束縛！從結婚為人夫，生子為人父，這兩個角色的轉變，對我確實產生前所未有的劇烈衝擊。

婚姻要面對的是你可以溝通協調磨合的伴侶對象，但父親這個角色，則是面對一個無法用言語溝通的嬰兒，大部分時間她只有幾個簡單的表情：睡、吃、哭。光一個哭，可能就代表各種可能性，是餓了？想睡了？嚇到了？生病了？生氣了？要換尿布了？對一個擅長溝通的紀錄片導演，這次真的是遇上強大的敵手了，平時工作再厲害的提問技巧，縱使你問上千百遍，也完全無用武之地。只好慢慢用觀察累積的經驗，去判斷孩子無時無刻的需求，錯了，就換一個，有時候把所有可能性都跑過一遍後，還是無解時，只能靠最大的耐心，抱著，陪伴著情緒高漲的她，直到平靜。

天呀！我以為平時潛水和滑雪已經夠挑戰極限了，沒想到哺育一個嬰兒才真的是極限運動。新生兒的父母真的不容易，整個生活作息都跟著孩子紊亂起來，吃不正常睡得少，情緒也跟著容易暴躁，每每夜半起身安撫哭泣的孩子久久無法休息時，我就會悲傷地聯想到，熬夜剪接算什麼？現在的我，可是連能安靜地一個人剪接都沒有辦法呀！

原本《男人與他的海》的影片概念從拍攝到後置前期，都還是往一個「空」的形而上方向發展，去探索人追求自我心靈的狀態，尤其到了空無一物的海上，心自然就會跟著逐漸洗滌一空。但在孩子出現後，我的心非但無法放空，還被塞得滿滿，隨時都會爆炸。於是「空」的概念被自己推翻，空的版本也被作廢刪除。

一切重來之後，我卻看到了過去沒看到的模樣。兩位主角廖鴻基和金磊，自始至終都不是瀟灑自由的人，他們都是被束縛著卻努力奔向自由的男人。他們突破主流價值的僵化禁錮，奔赴到了海上，但還是有一條繩子，無形卻緊緊牽繫著他們，那是他們的家人，他們的孩子。這兩個世代，不同年齡的父親，不約而同都被孩子牽絆住。

在他們身上，我看到自己，正因生活狹隘窒息，為失去自由所苦，甚至感到哀傷憂鬱的模樣。到底這兩個男人怎麼辦到的？怎麼在泅游中生存並漸漸地游出了大海？男人、丈夫、父親這三個角色如何取捨或平衡呢？

不斷自我推翻再重來的剪接過程，就像搭上了一片方舟，在茫茫大海上漂流，這艘沒有槳的舟也是我的漂島。會往哪裡還不知道，但總是不知不覺地就被帶往一個方向。

黑潮漂流時，曾經對父親不解的女兒，搭船來到海上探望父親，廖鴻基驚喜地流下來了眼淚；出國拍攝鯨魚數個月終於抵台的金磊，兒子像隻無尾熊在機場開心地抱著爸爸的大腿，久久不願起身放開；八個月大的女兒哭泣一夜後睡去，一早站在嬰兒床邊對著睡眼惺忪的我甜甜地笑著。啊，原來這都是讓這些流浪成性，但不論離開再遠再久都期待回去的父親們，甘願被束縛的原因呀！

痛苦，並快樂著！

謝謝紀錄片導演這個工作的磨練，提前讓我培養要當一個爸爸的基本能力，也謝謝《男人與他的海》的拍攝，如此適巧地在這個階段，讓我繼續應景地對照自己的生命歷程。不論《男人與他的海》最後是否會是一個成功的作品，但我已確信，我的女兒，是我目前最棒的作品！

這次《男人與他的海》在海上拍攝時，遭遇了許多珍貴的經驗和畫面，回到陸上一樣也經歷了許多美妙的事。電影計劃上映尚有製作預算的缺口，所以我第一次嘗試「群眾募資」的方式，提前和大眾溝通，並且用小額募資的方式。一個半月時間結束，我們得到將近六千人的贊助支持，最後成功為電影募集到一千一百八十萬的資金，成為當時台灣電影集資史上第一名的紀錄。這個得來不易的成績，讓我對台灣有機會走向真正的海洋國家，有了更多的信心！

響亮的集資成績，除了讓更多民眾在電影上映前就有機會知道這部電影，並且實際參與其中外，出版社也來邀請，希望能夠搭配電影上映，同步發行一本由導演個人撰寫，對於電影內容有更多補充和描述的拍攝紀實書籍作品。於是二〇二〇年四月一日，我人生的第一本書《島與鯨。海洋之子》順利上市，也希望藉由這本對海洋主題有更多論敘的新書，為台灣的海洋文化，更添加一點養分內容，如果讀者和觀眾想對《男人與他的海》這部電影有更一步的理解，那就一定要珍藏一本《島與鯨。海洋之子》喔！

不過，二〇二〇這一年，不只對台灣，對全世界，都是劇烈改變的一年。因為新冠肺炎讓人類受到巨大的影響，我們的生活方式也被大大地改變，許多過去覺得理所當然的事情、規則都被打破，我們的價值觀不再一樣，甚至未來都有無限的可能。

在疫情尚未得到控制，能有效治療的疫苗還未被發明上市前，我們共同的目標，就是希望可以在今年平安地活下來。所以原本規劃要在二〇二〇年春天全台上映的《男人與他的海》，決定延後一年，到二〇二一年才和大家見面。

做下這個決定很掙扎也很痛苦，因為電影從二〇一六年開拍到完成已經四年了，一切都已經準備就緒的情況下，非常盼望正式發表和大家見面的那一天，尤其群眾募資得到這麼熱烈的支持和肯定，我相信所有贊助者們，一定都和我一樣，期待能夠看到我們一起貢獻心力的成果！

但從二〇二〇年初開始，疫情打亂了所有人的生活，許多計畫都被迫延宕或中斷，各行各業也受到極大的影響，嗅覺靈敏的好萊塢片商第一時間做了全面撤片，到隔年才上映的決定，許多如期上映的中小型片商電影，觀影人數果然也慘澹不已。我們從原本預計的四月十日上映日期，延到了五月二十九日，在在都希望疫情是否有機會提前好轉，讓電影可以順利在今年完成上映。但觀察直到目前最後階段，疫情一時半刻都尚未有機會消除，也沒有辦法讓大家可以安心走出家門，進到戲院觀影。所以製作團隊與行銷團隊在密切討論後，不得已要做下延期一年上映的決定，因為一部花費三年心力投入完成的作品，當然不希望為了硬著頭皮在今年如期發表，而讓它乏人問津最後草草結束。更因為下一部海洋

電影或討論台灣海洋議題的紀錄片，不知道還會需要多久才會再次誕生！

另外，全台的國高中生是我們這次期待能夠進場觀影認識海洋的目標觀眾之一，但疫情未明朗的情況下，都不適合邀請年輕學子在戲院裡聚集觀影，包含完成集資目標的一萬名海洋之子計畫，可能都會受到影響。而許多在過去呼朋引伴，熱情包場一起進戲院支持紀錄片的企業團體和單位，在這次疫情衝擊下，也需要時間恢復休生養息。所以延期到明年約莫也是這個時間點，讓大家準備好，再一起用《男人與他的海》來迎接嶄新的夏天！

謝謝這段期間，不斷來信和來訊關心的影迷和贊助者們，你們的建議也是促使我們決定勇敢延後上映的最主要關鍵，這部從拍攝時就設定要在大銀幕觀看的電影，一定要讓大家安心進戲院好好感受親臨大海般的美好！

美好，值得期待。就如同我們對台灣一定會在這次全球疫情中全身而退，大家都平安無恙的信心一樣！希望我們很快能在戲院相會，海上相見！

Epilogue

片尾，沒有彩蛋

人生如戲，戲如人生。

我覺得，這是用來形容紀錄片，最確切不過的一句話！現實人生中，高潮迭起的變化和人們面對不同處境時的態度與方法，往往超乎我們的想像。那些被攝者們自然吐出的話語，常會讓你覺得既經典又震撼。這些人事物間的關係、衝突與對白，絕對無法憑空想像的出來。因此，我認為一個好編劇，非常需要入世地走進人們的生活當中去觀察取材，才有辦法獲得具有說服力且足以打動人心的靈感。

可是，看真實的人生有什麼樂趣？我們每天不就是這樣活著嗎？那些天馬行空超乎我們生活範疇的創意、想像和幻境，不是更有電影的娛樂價值嗎？

沒錯，想像力奔馳，不斷在開發人類創意極限的劇情電影，的確是相當具有吸引力，在課業或工作之餘買張票，搭配一杯可樂、爆米花走進戲院，就可以換來一個紓壓的假日午後，再帶著滿足愉悅的心情上床。只是隔天醒來，又是如同往常的一天，人生似乎不會因為看了一部電影後，而有了什麼改變？

但今天，你如果選擇看的是一部紀錄片，從電影院或者是客廳沙發上離開後，有些東西就已經默默開始產生變化。因為這些故事告訴你，這個世界很大，還有很多不同的真實存在，那些不同角落裡的平凡，開啟並刺激你想要改變的各種想像。

對，這就是紀錄片的價值，它讓你在有限的生活範圍內，看到千百種活下去的態度和方式，你會感動，正因為它很真實無華，衝擊你的是因為你知道此刻，在世上還有這麼多和我相似的人們，他們正用如此不一樣的方式在生活！

是的，因為真實，而可能。

這是紀錄片和劇情片的差別。

所以紀錄片在這樣的價值基礎下，它沒有下片的期限，可以反覆被觀看，同樣一個觀眾在不同的年齡和生命時間點，還可以有不同感受與討論。就像我的第一部作品《飛行少年》，發表至今已超過十年了，但還是不斷在世界各地有放映的機會，不但成為社工系、法律系學生必看的作品，二〇一九年更被翻譯成泰文，送進泰國國家圖書館典藏。經得起時間的淬煉，價值恆久遠，也是我浸身在吃力不討好的紀錄片拍攝工作原因之一。

不過，也常常有人會問，紀錄片這麼赤裸甚至血淋淋地呈現了被攝者們的樣貌和隱私，這樣真的好嗎？

至於，一部紀錄片要進到多深？看到多清楚？這和電影的性質與導演風格有關，我們先不做討論，倒是紀錄片呈現誰多？我倒認為作者在一部片子裡，反而是被看到最多的那個人。一個導演他的價值觀、政治立場、宗教信仰、美學能力、學識涵養、企圖野心甚至連脾氣性格……等，這些人格特質都會在他的作品當中被一覽無遺，腦袋裡想什麼？肚子裡裝些什麼？心裡面計算著什麼？這都是再多的包裝也掩飾不了的，聰明的觀眾還是能夠嗅覺出來。

所以每部片我都是用戰戰兢兢的態度去面對，因為每個人生命的深度和寬度有限，我沒有能力也不夠資格對所有的事情去做主觀注解和斷然的認定，除了容易自曝其短、貽笑大方外，也會因為作品的傳播造成不良的影響。

其實拍紀錄片是一件從頭到尾都在處理「人」的事，處理和被攝者的關係、處理和工作人員的關係、更多還包含了對「自己」。拍片很容易，但做人處理人最難，特別是紀錄片拍攝時那樣緊密複雜糾結又若即若離的人際關係，那裡頭有很細膩的變化。

「如果你拍得不夠好，是因為你靠得不夠近。」這是攝影師羅伯・卡帕（Robert Capa）的名言。

不夠靠近拍不到，但靠得太近，也會很麻煩。紀錄片導演容易陷太深無法自拔，或者介入被攝者的生活太多，以至於有了紛爭。當然最不好的狀態就是因為有了情感、責任和考量，而失去了那個中立的位置，最後讓片子有了偏頗的立場。

我會和我的主角也就是被攝者，保持一個適當的距離，如果以攝影的專業名詞來解釋，我會保持一個「全景」（Full Shot）的距離，我剛好看到對方的全身，對方也一樣看到我全身。我不會因為太靠近，逼到只能看到他的臉龐特寫，以至於忽略了其他的身體語言，也不會因為離太遠讓彼此感到陌生，覺得疏離而看不清。

這樣的距離關係，我從片子拍攝開始，到最後結束都是一樣的。所以，我不會覺得有作品完成就要「離開」的愧疚感，也不會讓我的主角們，有種被拍完就被抽離遺棄的感受。

被攝者包含導演自己，很多人都期許紀錄片可以發聲為社會盡分心力。但紀錄片導演能做的事情有限，提供一個管道讓不同的人事物和議題，讓大眾去關注討論就已經相當不容易了，我更不會有想用紀錄片來改變社會，或者想要用紀錄片來影響人心這樣的想法。每個人一生都有不同的課題要完成，我也是。所以能夠好好面對和處理自己生命的難題，不讓它去影響到別人，造成別人的困擾和麻煩，這是我對自己的基本要求。

人生就是一連串的Q&A，不斷遇到問題（Question），然後不停地去找答案（Answer）。不管你是命運多舛多災多難，還是含著金湯匙出生風調雨順。人生在世都有最基本的三大問題要面對：一、情感問題。二、金錢問題。三、疾病問題。我們會為情所困，為錢所困，為病所困。因此我說人生而公平，因為不管你是誰？誕生在怎樣的背景？同樣都得面對這些考驗，怎麼樣都逃不過。

但問題總有解決的方法，例如：感情的問題，只要不去愛上不該愛的人，然後好好珍愛該愛的人，很多八點檔的愛情糾葛、家庭衝突戲就不會真實發生啦！錢的問題，把錢花在該花的地方，然後不要拿不該拿的錢，必可免除很多麻煩啦！至於疾病的問題最難，因為生老病死是定律，不想老不想死不可能，有些病如同罕見疾病一樣，也是無藥可醫的，如果平時能好好保養身體健康，願意接受老去，找到能夠和疾病共處的態度，生活感受就會截然不同。但這些事情說來容易，問題真的可以如此迎刃而解嗎？

當然不是！

因為，七情六慾，愛憎貪痴，這就是，人性。

這麼簡單卻這麼難，君不見所有的藝術或文學創作包括電影，都一直繞著這幾個主題在轉，千百年來大家也都百看不厭。所以說考驗真的好多，做人真的很難！

我的紀錄片拍人，當然也是拍受困中的人們如何去尋找答案和解脫的過程，希望最終的結果也可以回饋到我自身，讓我在不斷接觸人性、思索生命後，也能好好處理自己的人生問題。但如何「異中求同」讓特殊性的議題，也能夠被廣泛地理解，然後把再平凡不過的議題「同中求異」處理出特別的韻味風情，這就是身為創作者需要去不斷挑戰和琢磨之處了。

因此我期許自己的每一個作品，不是掛在美術館牆上，刻意高姿態和觀眾保持距離的藝術品，我希望它是易讀又雋永的好書，每個人家裡書架上都可以放一本，也可以拿來送給朋友，這才能發揮電影廣泛傳播的功能，也讓作品的價值擴散蔓延開來！

至於接下來，我還要拍些什麼呢？

老實說，我真的不想再拍紀錄片了，好久！好累！好辛苦！這是真心話！因為這一段段報喜不報憂的旅程，眾多壓力和情緒都得靠自己消化排除。所以總是覺得這一部完成後，就再也不要拍了！但生命就是一連串的累積和撞擊，每次拍完都想收山，就又會讓你遇見了不起的人，看到他們讓人不可思議的生活。這些人這些故事，如果我不拍了，就沒有人會知道會看見，然後，不知不覺又拿起攝影機，再度踏上新的旅程……。

也許，細細咀嚼身為一個紀錄片導演的愛恨情仇，本該是我這輩子的課題，或者說，這是由我主演這部電影裡的故事主軸吧！

如果有一天，黑糖來敲門邀請，也請打開門，讓我到你的生命裡走一走。

讓我到你的生命裡走走

看世界的方法 184

作者 黃嘉俊
照片提供 黃嘉俊；金磊（p.156）；張皓然（p.171）

整體美術設計 兒日
內頁排版 華漢電腦排版有限公司
責任編輯 魏于婷

董事長 林明燕
副董事長 林良珀
藝術總監 黃寶萍
執行顧問 謝恩仁

社長 許悔之
總編輯 林煜幃
副總經理 李曙辛
主編 施彥如
美術編輯 吳佳璘
企劃編輯 魏于婷

策略顧問 黃惠美・郭旭原・郭思敏・郭孟君
顧問 施昇輝・林子敬・謝恩仁・林志隆
法律顧問 國際通商法律事務所／邵瓊慧律師

出版 有鹿文化事業有限公司
地址 台北市大安區信義路三段106號10樓之4
電話 02-2700-8388
傳真 02-2700-8178
網址 http://www.uniqueroute.com
電子信箱 service@uniqueroute.com

製版印刷 中茂分色製版事業有限公司

總經銷 紅螞蟻圖書有限公司
地址 台北市內湖區舊宗路二段121巷19號
電話 02-2795-3656
傳真 02-2795-4100
網址 http://www.e-redant.com

國家圖書館出版品預行編目（CIP）資料

讓我到你的生命裡走走 / 黃嘉俊著. -- 初版.
-- 臺北市 : 有鹿文化, 2020.11
面； 公分. --（看世界的方法 ; 184）
ISBN 978-986-99530-2-3（平裝）

863.55 109014243

ISBN：978-986-99530-2-3
初版一刷：2020年11月

定價：350元